Sonya
ソーニャ文庫

二百年後に転生したら、昔の恋人にそっくりな魔導士に偏愛されました

蒼磨奏

イースト・プレス

contents

序章　005

第一章　純愛を始めよう　015

第二章　新婚生活をしよう　073

第三章　初めての夜を過ごそう　108

第四章　すべてはそこから始まった　156

第五章　蜜月の檻に閉じこめよう　209

第六章　火あぶりと願望　246

第七章　君だけを幸せにしよう　278

最終章　アレクシス・ノルディス　308

あとがき　348

序章

ミーリア・ルドラドは幼い頃から不思議な夢を見る。

夢にはいくつかパターンがあった。その中でもいちばん悲しいのが、泣きじゃくる少年に抱きしめられている夢だ。

『ミア、ミア……』

蜂蜜色の髪と黄金色の瞳を持つ少年はいつも夢に登場して、ミーリアのことを『ミア』と呼ぶ。ひどく懐かしい響きだ。

『ちくしょう……ちくしょう……俺のせいだ……間に合わなかった……っ』

悲しい夢の舞台は必ず鬱蒼《うっそう》とした森だった。

木々の向こうからは何かが燃えるような音がして、鼻の曲がりそうな焦げ臭さが立ちこめている。

泣きながら悪態《あくたい》をつく少年の顔は煤《すす》まみれで、ミーリアを抱える手は赤く爛《ただ》れて蚯蚓腫《みみずば》れができていた。おそらく火傷だろう。

ミーリアは力なく少年を見上げている。

ぽたぽたと落ちてくる涙を拭ってあげたくても、手足が棒になってしまったかのように動かない。わたしなら大丈夫だから泣かないでと話しかけたいのに、半開きになった口からは言葉にならない吐息が漏れるばかりだ。

それでも、どうにか消え入りそうな声で紡ぐ。

『イヴァン……』

すでに幾度も同じ夢を見ているから、それが少年の名であることは知っていた。

ミーリアが鉛のごとく重たい腕を持ち上げて、少年——イヴァンの背に手を添えると、すかさず抱き返された。

優しい温もりを感じると涙が溢れてくる。

——抱きしめられるだけで、どうしてこんなにも切なくて愛おしいのだろう。

もう泣かないでいいよと彼の涙を拭い、ずっと側にいてあげたかった。

しかし、先ほど身じろぎをした際、自分の足首が業火に放りこまれた薪《たきぎ》のように黒くなっているのが見えてしまった。

こんな状態になったら、人は生きてはいられない。

『ミア……』

涙でぐしゃぐしゃになったイヴァンの顔が近づき、拙い口づけが降ってきた。

悲しい夢はいつもそこで途切れてしまう。

それがまた切なくて、眦《まなじり》からはとめどなく涙が流れ落ちていく。

――彼の願いを叶えてあげたいのに、何もできない。だって終わってしまったことを変えることはできないから。

夢の中で繰り返される光景は生々しくて、臭いが分かるほど現実めいている。

だから、ミーリアは気づいたのだ。

これはただの夢ではない。

実際に体験した、過去の出来事――つまり前世の記憶を追想しているのだと。

◆◇◆

「――死ねぇえッ！」

ウルティム王国の城にて、新婦の控え室に金切り声が響いた。

鏡の前で髪を整えていたミーリアが振り返ると、見知らぬメイドが短剣を振りかざしたところだった。

ぎりぎりで切っ先を避けたが、バランスを崩して椅子から転げ落ちてしまう。

「っ!?」

「死ね、死ね、死ねぇえ！」

目を血走らせたメイドが続けざまに短剣を振り回し、倒れた椅子に躓《つまず》いた。

その隙を見て、ミーリアはウェディングドレスの裾《すそ》を摑《つか》んで立ち上がり、命からがらドアへ駆け寄る。

廊下へ飛び出すと、待機していたメイドが面食らった表情で声をかけてきた。

「ミーリア様！　先ほどの叫びは何ですか!?」

「いったい何があって——」

直後、短剣を握りしめた女が部屋から飛び出してきたため、ぎょっとしたメイドたちが口々に叫んだ。

「きゃあぁぁっ！」

「大変よ！　誰か衛兵を呼んで！」

「うるさい、どけぇえっ！　あたしはその女を殺すのよ！」

憎悪のこもった目で睨まれて、ミーリアは恐れおののいた。

——いったい何が起きているの!?　わたしには、この女性が誰なのかも分からないのに……！

激昂《げきこう》した女は人相が変わっていて、見覚えがあるかどうかを確認する余裕もない。

「ミーリア様、こちらへお逃げください！」

「っ……ええ、分かった！」

駆け出した時、廊下の向こうから衛兵がやってくるのが見えた。

――衛兵だわ！　きっと、あの女性を取り押さえてくれるはず！

しかし、ミーリアに逃げられると悟ったらしく女が更に憤激した。やみくもに短剣を振り回してメイドを遠ざけてから、鬼気迫る様子で追いかけてくる。

視界の端でそれをとらえた瞬間、ミーリアはウェディングドレスの裾を踏んだ。

「あっ！」

体勢を整えようとするが、ドレスの動きづらさも相まって転んでしまう。

これぞ好機と言わんばかりに、真後ろまで距離を縮めた女が短剣を振りかぶった。

一部始終を見ていたメイドの悲鳴が上がり、衛兵も間に合わない。

――ああ、刺される！

痛みを覚悟したが、いきなり金髪の男――夫となるはずのアレクシス・ノルディス公爵が割って入ってきた。

刹那、女の振り下ろした短剣がアレクシスの胸に深々と刺さる。

「う、っ……！」

「アレクシス様!?」

ミーリアは腕を伸ばし、呻《うめ》きながら倒れかかるアレクシスを支えた。

またもやメイドの悲鳴が響き渡って、駆けつけた衛兵により女が取り押さえられる。

「そ、そんな……アレクシス様……！」

アレクシスはミーリアにぐったりと寄りかかって目を閉じていた。

彼の胸には短剣が突き刺さり、純白の礼装に赤いしみが広がっていく。

「あぁ……嘘よ……こんなの……」

全身から血の気が引いて、恐怖のあまり両手が震え始める。

短剣が心臓に刺さっていたら致命傷かもしれない。恐ろしい想像が過《よ》ぎり、目尻から涙が零《こぼ》れる。

しかし溢れた雫がアレクシスの顔に落ちた時、彼の目がゆっくりと開いた。

アレクシスは寝起きの獣みたいに緩慢《かんまん》な瞬きをし、太陽を思わせる黄金色の瞳で見上げてきた。

「ミーリア、泣いているのか？」

緊迫した状況にはそぐわぬ問いかけに、ミーリアは「え？」と呆けた声を上げる。

アレクシスが緩慢に起き上がり、呆然《ぼうぜん》とするミーリアの頬《ほお》に手のひらを添えた。

「泣かなくていい。私は死なない」

低い美声で囁《ささや》いたアレクシスにキスをされる。ぴたりと重なった唇が死人のように冷たくて思わず身震いをしてしまった。

触れるだけの口づけをしたアレクシスと見つめ合うが、その数秒後、彼がふっと意識を失った。

「――っ、アレクシス様！」

脱力するアレクシスを抱き留めて、ミーリアは「医師を呼んで！」と叫んだ。

「驚くべきことですが、すでに傷口は塞《ふさ》がり始めています」

診察をしてくれた医師が「本当に驚きです」とかぶりを振る。

アレクシスは運びこまれた部屋のベッドで眠っているが、呼吸が安定して、紙のように白かった顔には血色が戻っていた。

「ノルディス公爵は強い魔力をお持ちと聞いております。刺された直後に自ら治癒の魔法をかけたのかもしれません。脈も安定しています」

「そう……ひとまず、安心したわ……」

ミーリアは肩の力を抜いて、ベッドの横に膝を突く。

結局、結婚式は中止になった。

あれだけの騒動が起きて捕縛者《ほばくしゃ》まで出てしまい、新郎のアレクシスは刺されて目を覚まさない。婚礼どころではなかった。

ミーリアはアレクシスの手を握りながら医師に尋ねた。

「彼、ずっと目を覚まさないの。それは大丈夫なのかしら」

「血を流したぶん、体力を取り戻すために深く眠っておられるのかもしれません。ただ、私は魔法に疎《うと》いものですから……のちほど国家魔導士《まどうし》のサージュ殿がいらっしゃるようなので、詳しいことはあの方に訊《き》いてください」

医師は歯切れの悪い口調で告げると、腫れ物に接するようにベッドから距離をとり、そそくさと出て行った。

ミーリアは重い息を吐き出して昏々《こんこん》と眠る婚約者を見つめる。

「アレクシス様……」

さらさらとした金髪を撫でてみるが反応はなく、寝息だけが聞こえた。

ミーリアの婚約者、アレクシス・ノルディス。年齢は二十八歳。ウルティム王国で最年少の公爵だ。

目尻がきりりと吊り上がり、鼻筋は通って、息を呑むほどの端整な顔立ちは女性の目を惹きつけてやまない。ただ眠っている姿だけでも絵になりそうだ。

しかし、アレクシスは魔法を使える異能者――『魔導士』であるがゆえに近寄りがたい存在とみなされていた。

今から二百年ほど前、ウルティム王国では魔導士狩りが行なわれた。

魔導士とは魔力を宿して生まれ、魔法を使える人々を指す。魔力の強さは個々で違うが、人によって天候すら操れるそうだ。

それを国家の脅威になりうると判断した当時のウルティム王により、全土で魔導士が処刑されたのだ。

医師として治癒魔法を扱い、地域に根づいた穏健な魔導士まで捕らえられて、ことごとく火刑になった。

それらの凄惨《せいさん》な魔導士狩りは、歴史書にまとめて『魔法弾圧』と記録されている。

結果、魔導士は激減し、辛うじて逃れた者も魔力があると公言しなくなった。

やがて時代が移り変わり、後世のウルティム王が『非人道的な魔法弾圧は誤りであった』と公に謝罪したが、今や魔導士は稀少な存在となった。

日常生活で魔法を目にすることもほとんどない。

ゆえに魔導士と聞くと、大半の人が距離を置き、よほどの物好きでなければ関わり合いになることはない。

アレクシスも例に漏れず、そういった扱いを受けていた。

ミーリアも彼と出会った頃は戸惑いもしたが、少しずつ距離を縮めていったのだ。

美しい寝顔を眺めていたミーリアは、ふとウェディングドレスに目線を落とす。

純白の生地に赤い染みがついていた。彼を抱き留めた際についた血だろう。

――式は中止だし、このまま血がついた衣装でいるのはよくないわね。……とりあえず着替えよう。

その場を離れようとした時、手を掴まれたため勢いよく振り返る。

てっきり目が覚めたのかと思ったけれどもアレクシスの目は閉じたままだ。無意識にミーリアの手を握ったらしい。

ミーリアは苦笑して婚約者の傍らに戻り、寝顔を見つめながら心の中で呟く。

――やっぱり、何度見てもそっくりだわ。

いつか会いたいと希《こいねが》い、心の支えにしていた少年。

前世の恋人『イヴァン』とアレクシス・ノルディスは同じ姿をしていた。

第一章　純愛を始めよう

時を遡《さかのぼ》ること、約六年前――。

当時のミーリアは意思を尊重されない環境で生きていた。

その日、砂漠の大国ルドラドの王宮では盛大な宴が催されていた。

ミーリアは賑やかな大広間を飛び出し、閑散とした中庭へ駆けこんだ。噴水の陰で蹲《うずくま》りながら震える身体を抱きしめる。

遠くの大広間から拍手と笑い声が聞こえてきた。

宴席では踊り子が演舞をし、旅の魔導士による魔法が披露されているが、純粋に演目を楽しんでいる者は少ないだろう。

踊り子は高貴な男の目に留まろうと必死だし、貴族の男は給仕の女性を値踏みしたり、一夜限りの遊びに誘ったりと妖しげな駆け引きが行なわれている。

給仕の女性は裕福な子女が多く、宴席で見初められる場合も多々あった。

十四歳になったミーリアも、この日は給仕として参加させられていた。

これまでは目立たぬようにして乗り切っていたが、今宵はでっぷりと肥えた貴族の男に目を付けられたのだ。

『噂には聞いていたが、なんて美しい子だ。さぁ、こちらへおいで』

にやついた男に肩を抱かれて、スカートの中まで触られそうになった時、耐えきれずに逃げ出してしまった。

「……気持ちが悪い……」

消え入りそうな声で呟く。身体の震えが止まらなかった。

——あとで叱られるかもしれないけど、もういい……遅かれ早かれ、わたしは見知らぬ男のもとへ嫁がされてしまうんだから。

母のアンネは王宮の下女だったが、飛びぬけた美貌ゆえにルドラド王のお手付きとなってミーリアを身ごもった。

ルドラド王は女癖が悪い。すでに王妃と跡継ぎがいるが、次々と美女を閨《ねや》に引き入れるため子供がたくさんいた。

しかし側室の数が五十を越えた頃、王妃もいよいよ『一夫多妻制でも限度がある』と夫を窘《たしな》めて、後宮での決まり事を作った。

王の側室として認められるのは一定の身分がある女性だけで、王族として認知されるのも王妃と側室の子供のみ。

基準を満たさない女性は後宮を出され、行くあてがないと働き手として王宮に残る。

そして子供は王位継承権のない『庶子』となり、男児であれば貴族の養子になるか、士官の道を選ぶことができるが、女児は離宮での生活を余儀なくされた。

――ここは鳥籠。わたしに逃げ場はない。

身寄りのない母はミーリアの側にいるために王宮に残ったが、側室から嫌がらせを受けて、使用人たちには白い目を向けられた。

針の筵《むしろ》のような環境で日に日にやつれていき、数年前、熱病に罹《かか》ってあっけなく死んでしまったのだ。

――いずれ、わたしもお母様と同じ運命を辿るのかしら。

篝火《かがりび》に照らされた噴水を覗きこむと、悲痛に歪《ゆが》んだ顔が水面に映っている。

成長するにつれて、ミーリアの容姿は人目を惹くようになった。

母方の血筋である銀髪はルドラド王国では珍しい。繊細な目鼻立ちとラピスラズリのごとく青い瞳も、早世した美貌の母と似ていた。

ミーリアは水面に手をつけて顔をぐちゃぐちゃにすると、虚ろな目で宙を見た。

母の死後、王宮を出たいと望んだけれども許可は下りなかった。

腹違いの兄姉はたくさんいるが、誰も下女の娘であるミーリアを相手にしない。侍女にさえ無視される。

父とは言葉を交わしたこともなく、最低限のマナー教育を受けながら嫁がせるための道具として生かされていた。

なんという孤独で虚しい人生だろう。

――いっそ、お母様の後を追ってしまおうか……それで楽になれるだろうか。

不穏な考えが脳裏を過ぎった瞬間、ある少年の顔が思い浮かび、胸がきゅっと締めつけられた。

ミーリアは溢れそうな涙を呑みこんで「だめよ」と自分に言い聞かせる。

――生きていれば、どこかで『イヴァン』に会えるかもしれない。

幼い頃から、彼女は前世の夢を見る。

登場人物はミーリアとイヴァンだけで、大抵は一緒に生活している情景だ。

体調不良で寝ている時、イヴァンが付き添ってくれているところ。

窓辺で寄り添いながら本を読んでいるところ。

イヴァンは素直じゃなくてぶっきらぼうだが、ミーリアに優しかった。

ベッドで素肌を寄せ合い、キスをしたことも覚えている。彼とは恋人だったのだ。

しかし、それ以外のことは思い出せない。

自分の生い立ちどころか、名前以外で覚えているのは『ウルティム王国』と『ヴェントリー侯爵』という固有名詞だけで、たぶん『魔法の研究』に協力していた。

けれども、その仔細を思い出せない。

とにかく夢の中では幸せな情景だけが繰り返される。

しかし時折、とても悲しい夢を見た。鬱蒼とした森でイヴァンと抱き合って泣いているのだ。おそらく人生最期の記憶だと思う。

――わたしの記憶には『穴』がある。

思い出の詰まったアルバムを虫に食われたように。

どうして自分は死んだのか。どの記憶が欠けているのか。

判然としないのに『イヴァンに会いたい』という強烈な願望だけがある。

ミーリアは虚ろな目を瞬かせ、噴水の近くにある篝火へ向けた。

ゆらゆらと揺れる炎を見ていると、また『会いたい』という焦燥に駆られた。

――会いたい、あなたに会いたい。イヴァン……。

たとえ恥辱にまみれた人生を強いられようとも、生きていれば彼に会える可能性はゼロではない。

だから自死なんてしてはだめだ。

今を耐えて、生き延びるのだ――と、自分に言い聞かせた時だった。

「あなた、近くで見ると、本当にお人形さんみたいにきれいな子ね」

玲瓏《れいろう》な声が鼓膜を震わせた。弾かれたように面を上げると、若い女性が立っていた。

篝火が揺らいで女性を照らす。浅黒い肌、金髪に青い瞳。小さな宝石をちりばめた薄手のドレスを身に纏《まと》い、目鼻立ちのハッキリとした美女だ。

「異母妹《いもうと》の中に、とびきりきれいな子がいるという噂を聞いていたの」

麗しい女性がゆっくりと近づいてきて、呆けるミーリアの顎《あご》に指を添えた。

「確かに、顔の造形は完璧ね。色素の薄い髪色もすてき。この瞳なんて、まるでラピスラズリみたい。わたくしね、宝石の中でもラピスラズリがいちばん好きなの」

「フラヴィア、お姉様……？」

掠《かす》れた声で囁くと、異母姉《あね》のフラヴィアが妖艶な笑みを浮かべた。

フラヴィアは王妃を母に持つ第二王女だ。ミーリアの三つ年上だから十七歳のはずだが、年の割には成熟した雰囲気を纏っている。

ミーリアとは待遇が違い、本来ならば近づくことも許されない相手だった。

「あなたみたいにきれいな子は見たことがない。華奢《きゃしゃ》な身体つきも、お人形みたいで愛らしいわ。ねえ、あなた……よければ、わたくしのもとへいらっしゃいな」

「……どういう意味ですか？」

「わたくしの侍女として側に置いてあげる。お父様とお母様は、わたくしのわがままを何でも聞いてくださるの。身分の低い異母妹を引き取って、侍女にしたいと望んでも文句は言わないわ。それに――」

フラヴィアがもったいぶるように言葉を切って声量を落とす。

「――宴席で何があったのか見ていたわ。わたくしなら、あなたを守ってあげられる。これ以上、汚らわしい男たちに触れられたくないでしょう」

白魚のごとき細くたおやかな指で頬をするりと撫でられた。

その指が氷みたいに冷たかったから、ミーリアは我知らず震える。

「あんな卑しい真似は二度と許さないわ。きれいな子は、きれいなままでいないと」

フラヴィアの侍女として召し上げられたら、適当な結婚相手をあてがわれることはなくなるだろう。ミーリアにとってありがたい提案だ。

ただ一方で、フラヴィアのある噂を耳にしたことがあった。

かなりの男嫌いであり、容姿端麗な女性たちばかりを選んで侍《はべ》らせている、と。

もしかしたら、そこにミーリアを加えようとしているのではないか。

その時、またしても夢に出てくる少年の顔が過ぎった。

――ああ、そうだ。生きてさえいれば、どこかで『彼』に会えるかもしれない。

「心は決めた？　どうするの？」

妖しい手つきで顎をつうっとなぞられて、ミーリアは深呼吸をした。

異母姉の目当てがどうあれ、ただ飼い殺しにされるなら、生活をよりよいものに変える機会を逃すべきではないだろう。

「よろしくお願いします。フラヴィアお姉様」

覚悟を決めて、異母姉の手をとった。

それからフラヴィアが暮らす王宮へ居を移すことになり、語学、教養、王族のマナーに至るまで、より高度な教育を受けさせられた。

ミーリアは懸命に学んだ。

知識と教養が生きるための武器になると分かっていたからだ。

ある夜、ミーリアを着せ替え人形にしていたフラヴィアが楽しげに話を切り出した。

「ミーリア。あなたのこと、まじめで優秀な生徒だと教師たちが褒めていたわよ」

「…………」

「わたくしもそうだけれど、上流階級の女は嫁ぐのが仕事だから、一定の教養とマナーさえ身につければ美しさを磨くことに没頭するの。それ以上の勉強なんて二の次。だから教師も驚いているんでしょうね。わたくしも、あなたがそんなに勉強熱心だとは思わなかったわ。よほど勉強が好きなのね」

ミーリアは無言で目を閉じた。生き抜くために学んでいるだけで、勉強そのものが好きかどうか考えたこともない。

――でも言われてみれば、新しい知識をつけていくことは嫌いじゃないわ。

黙々と知識を蓄える作業は、我慢強いミーリアの性分に合っていたのだろう。

「勉強熱心なのはいいことよ。わたくしの侍女にするからには、しっかり教育しろとお母様もうるさいし……そういえば、ゴルド文字も読めるんですってね」

ゴルド文字というのは、古い魔導書で使われているものだ。

隣接するウルティム王国で作られた文字だが、二百年前の魔法弾圧により多くの魔導書が焼き払われて、現在は読める者がほとんどいないのだとか。

「歴史書に載っていたゴルド文字をすらすら読んでみせたって、教師が驚いていたわ。どこかで習ったの？」

「…………」

「ああ、許可を出していなかったわね。話していいわよ」

「……亡くなった母から習いました。母は魔力を持っていませんでしたが、読むことはできたようなので」

咄嗟《とっさ》に嘘をつく。母はゴルド文字なんて聞いたこともなかったはずだ。

実際は、ミーリアがもともと身につけていたもの――前世から引き継がれた知識だが、彼女には魔力がないし、実生活では役に立たない。

「ふうん、そう。まぁどうでもいいわ」

興味なさそうに相槌を打ったフラヴィアがうっとりとミーリアの頬を撫でる。

「頭の悪い子よりも、賢い子のほうが好きよ。あなたは顔もこんなにきれいだし、わたくしの一番のお気に入りよ。……あ、そうだ。明日のあなたの服も選ばないと」

異母姉がいそいそと服選びを始める横で、ミーリアは目線だけ動かした。

ドアの横で控える侍女は美しい女性ばかりで、壁際の棚には陶器人形《ビスクドール》が何体も飾られている。異国から取り寄せて蒐集《しゅうしゅう》しているらしい。

フラヴィアが選んだ服を掲げながら独り言を続ける。

「髪の色が映える服がいいわ。白い肌に合わせて、スカートの色も……」

フラヴィアの許可なく話をしない。表情や体勢も変えない。

着せ替え人形になりきるため、ミーリアは背筋を伸ばして遠くを眺めた。

――わたしは飾られている人形たちと同じ。お姉様が好きなように世話をするだけの等身大のお人形。

「それにしても、ミーリアは本当にきれいね。わたくしの従順でかわいいお人形」

不遇なミーリアを引き取り、優秀な教師をつけて、寝食の世話をする。

傍から見れば、フラヴィアは慈悲深い王女だろう。

その点は、ミーリアも感謝している――でも、それだけだった。

フラヴィアの『お人形遊び』は長時間に及んだ。動くことが許されないから身体が痛くなり、用を足したくても我慢するしかない。

勝手に行動すると食事を抜かれるので、異母姉の機嫌を損ねないよう自分を殺し、気を張りつめていなければならなかった。

――自分で選んだことだけど、たまに息が詰まりそうになる。

母の死後、寂しくて愛情を欲したこともあったが、まともに愛されないと気づいてからはどうでもよくなった。

そんなミーリアの心を支えていたのは、やはりイヴァンの存在だ。

この世のどこかで、彼もミーリアと同じく生まれ変わっているもしれない。

いずれはイヴァンを捜すつもりでいたが、ミーリアはまだ教養がなく世間知らずの小娘だった。一人で生き抜く術もない。

ゆえに今は人形になりきるしかないことを、彼女はよく理解していた。


ミーリアが運命の出会いを果たすのは、フラヴィアの庇護下《ひごか》に入って六年の歳月が流れてからだった。

きっかけは、隣国ウルティィムの王とフラヴィアの政略結婚。

この頃にはミーリアも二十歳になり、侍女としてフラヴィアの身の回りの世話を任されるようになっていた。

「ミーリア。あなたはわたくしと一緒にウルティム王国へ行くのよ」

異母姉の言葉にミーリアは二つ返事で応じたが、ここで一つ問題が生じた。

能力であれ容姿であれ、飛びぬけたものは一定の価値を持つことがある。

美しく成長したミーリアは王の娘としての価値を高めて、他国へ嫁がせるべきだと議論になったのだ。

ただ、フラヴィアが「ミーリアを連れて行けないのなら嫁ぎたくない」の一点張りで、最終的にはルドラド王や議会も王女のわがままに折れて、ミーリアの同行は決まった。

ルドラド王国を発つ日、馬車に乗りこんですぐフラヴィアが尋ねてきた。

「答えて、ミーリア。わたくしと一緒に行けて嬉しい？」

「はい、嬉しいです。お姉様」

ミーリアは抑揚のない声で即答したが、心の中で違うことを考えていた。

――やっと、あの王宮から出ることができた。

フラヴィアに思うところはあれども感謝はしている。嫁ぎ先への同行を固持《こじ》してくれたお蔭で、ミーリアは政略的な道具にされるのを免れたからだ。

祖国に未練はなく、異国へ行くことに抵抗もない。

――それに、ウルティム王国ならイヴァンの手がかりが摑めるかもしれない。

ツギハギだらけの前世の記憶。

その中で『ウルティム王国』という単語を覚えているのだ。

「いい子ね、ミーリア。今後も、わたくしの侍女としてよく働きなさい」

満足げなフラヴィアを横目に、ミーリアは遠ざかる王宮を眺めていた。

それから一週間ほどかけてウルティム王国へ入った。

ルドラド王国は暑さに強いラクダがあちこちにいて、耐久性の高い石造りの建築物が多いが、ウルティム王国は違った。

王都には赤い煉瓦造りの街並みが広がり、ラクダの代わりに馬車が走っている。住人の服装も露出が少なく、肌の白い人が多かった。

やがて馬車は堅牢《けんろう》な城門を通り抜けて、大きな玄関の前でゆっくりと停まった。

馬車のドアを開けると、ウルティム王が出迎えてくれる。

「フラヴィア王女。ようこそ、ウルティム王国へ」

ウルティム王はひょろりと背が高い金髪の美丈夫《びじょうぶ》だった。年齢は四十の半ばで、先妻の王妃を病で亡くしているため、フラヴィアは後妻として嫁ぐのだ。

「わざわざお出迎えありがとうございます、ウルティム王陛下」

馬車を降りたフラヴィアが愛想よく挨拶を返した。

ミーリアは異母姉の後ろに控えて、温厚な笑みを浮かべたウルティム王を観察する。

穏やかそうな男性だが、貫禄あるルドラド王と比べると覇気がない——そんな印象を抱いた時、視界の端で金色がきらりと煌《きら》めく。

刹那、ミーリアは惹きつけられたかのようにそちらへ目線をやった。

ウルティム王の後ろには身なりのよい男性が数人並んでいる。側近と宰相《さいしょう》だろう。

魔導士の黒いローブを纏った老人もいたが、ミーリアの視線は一番端に佇んでいる青年に釘付けになった。

「あ……」

驚きのあまり、ひゅっと息を呑む。

そこに佇む青年もミーリアを見つめていた。

太陽の光を浴びて、青年の蜂蜜色の髪がキラキラと輝いている。きりっとした眉と目尻の吊り上がった黄金色の瞳、端整な顔立ちは恋焦がれたイヴァンとそっくりで、心臓がドクンと大きな音を鳴らした。

固まっていると、青年がゆっくりと歩み寄ってきた。

ウルティム王の横を素通りし、フラヴィアには目もくれず、ただまっすぐにミーリアのもとへやってくる。

——まさか、そんな……イヴァン、なの……？

名前を呼ぼうとしたが、口がぱくぱくと動いただけで音にならない。

青年が真正面で立ち止まった。近くで見ると、彼は夢で見るイヴァンよりも背格好が大きかった。見上げなければならないほど身長が高く、肩幅も広くて、落ち着きのある佇まいは大人の男のものだ。

しかし、顔の造りはイヴァンとまったく同じだった。

彼が成長したら、きっと目の前にいる青年のようになるだろう。

——ああ、どうしよう……泣きそうだわ。

これまで『イヴァンに会いたい』という願いを支えにして生きてきた。

目の前にいる人がイヴァンなのか、別人か——まだ分からないのに、言葉にならない感動と懐かしさがこみ上げる。

無意識に奥歯を噛みしめた時、青年がおもむろに自分の胸に右手を当てた。左手を背後に回して恭しく頭を垂れる。

「ようこそ、ウルティム王国へ。私はアレクシス・ノルディス公爵といいます」

夢の中で聞いていた声よりも低く、緩やかで丁寧な口調。

途端に、ウルティム王国側の者たちがどよめく。フラヴィアを無視して、お付きの侍女へと真っ先に挨拶をするなんてありえないからだろう。

ざわめきの中でも、アレクシスは動じずに言葉を続けた。

「君の名前を教えていただきたい」

「……ミーリアです」

「ミーリア……ミーリア殿か」

彼が呟くように繰り返し、柔らかい声で言う。

「私のことはアレクシスとお呼びください」

優雅なお辞儀をするアレクシスを前に、ミーリアはそれ以上の言葉が出なかった。

その時、ウルティム王が咳払いをして、フラヴィアに「城を案内しましょう」と話しかける。こちらに注目していた側近も王に倣い、何ごともなかったかのように受け入れの準備を始めた。

誰一人としてアレクシスを咎めず、声をかけようともしない。

フラヴィアだけは何か言いたげに視線を送ってきたが、アレクシスに手を差し出されたので、ミーリアはそちらに気を回すことができなかった。

「お手をどうぞ。私がエスコートをしよう」

「いえ。わたしは、ただの侍女なので……」

「お手をどうぞ」

有無を言わさぬ口調で促されたから、おそるおそる手を重ねると強めに握られた。

――これは現実？

歩き出すアレクシスを窺《うかが》うと、彼も横目でこちらを見ていた。

目が合っただけで鼓動が跳ね上がり、頬まで火照ってきたので慌てて顔を逸らす。

あなたはイヴァンなの？

わたしのことを覚えていたから、真っ先に話しかけてきたの？

疑問が山ほどあるはずなのに、その場ではうろたえて何も訊けなかった。


到着して数日後、城内の礼拝堂で挙式が行なわれた。

ミーリアも末席での参列が許されて、花嫁姿のフラヴィアとウルティム王が夫婦の誓いを交わすのを見守った。

最前列に、今朝がた到着したルドラド王と王妃の姿がある。

中央のヴァージンロードを挟んだ反対側の席には、ウルティム王の親族や重臣が参列していて、その隅のほうにアレクシスがいた。

——彼がいるわ。どこかでゆっくり話ができたらいいんだけど。

ここ数日、婚礼の支度で時間が取れなかったが、今なら落ち着いて話ができるはずだ。

誓いの言葉が終わり、フラヴィアとウルティム王が礼拝堂を出ていく。

騒がしくなる参列席で、前に座る紳士たちがひそひそと話しているのが聞こえた。

「——見ろよ、ノルディス公爵だ。社交場にまったく顔を出されないし、初めて姿を見たよ。ずいぶん若いんだな」

「先代の公爵様が早くに亡くなったらしいから、まだ二十代じゃないか。でも、かなりの人嫌いだそうだ。話しかけても無視されるとか」

「ノルディス公爵家って魔導士の家系なんだろう。昔、諸国といざこざがあった時、当時の公爵が魔法で敵軍を退けたって聞いた。当代の公爵も魔導士なのかな？」

「たぶんな。ただでさえ近寄りがたいのに接し方が分からないよな。陛下や宰相殿でさえ、ノルディス公爵とは距離を置いているって聞いたぞ」

ミーリアは噂話にひとしきり耳を傾けてから、静かに席を立った。

その後、華やかな披露宴が開かれた。

宴が終わり、フラヴィアが部屋へ戻ってきたのは夜更けで、ミーリアは湯浴みの手伝いをしながら異母姉の愚痴を聞いていた。

「ああ、まったく。結婚式って大変ね。堅苦しくて肩が凝っちゃったわ。だけど、このあともう一仕事残っているのよね」

もう一仕事とは初夜のことだろう。

緊張したそぶりもなく、あっけらかんとしているフラヴィアの髪を拭きながら、ミーリアはわずかに口角を歪めた。

フラヴィアの侍女になってから六年あまり。

それだけ共に過ごせば、異母姉の恋愛対象が『女性』だと気づく。

さすがにミーリアには手を出してこなかったが、侍女を寝所へ招き入れるのを目撃したことがあった。

今でも悪趣味なお人形遊びに付き合わされるし、奔放な異母姉には散々振り回されてきたが、なんだか複雑な心地だ。

自然と手が止まってしまい、フラヴィアが怪訝《けげん》そうに振り向いた。

「口元が歪んでいるわね、ミーリア。あなたのこんな顔、初めて見たわ」

「………」

「もしかして、わたくしを心配しているのかしら？　だとしたら不要な気遣いよ。この結婚は王女としての義務で受け入れたもの。初夜だって義務の一つだから」

「……それで割り切れるものですか？」

異母姉の許可なく質問したのは初めてだった。

フラヴィアは咎めずに頷《うなず》く。

「ええ。だって愛されるために嫁いできたわけじゃないもの。もう気づいているでしょうけれど、そもそも、わたくしの恋愛対象は『女』よ」

黙りこむミーリアの顔をそっと撫でてから、フラヴィアが肩を竦めた。

「そのことも、ウルティム王……陛下にはお伝えしてあるわ。陛下もすでに跡継ぎがいるし、王妃の席が空位だと体面が悪いからという理由で、わたくしを迎えただけ。義務さえ果たせば密かに愛人を作ってもいいと言われたわ。寛容な方でしょう」

「………………」

「わたくしにとって結婚は義務であり、愛は必要ないの。ただ有益な条件つきで受け入れただけのこと」

きっぱりと言いきり、フラヴィアはドアの横に控える侍女へ視線をやった。

「タフラ、あとの支度はあなたに頼むわ」

「かしこまりました」

黒髪の侍女――タフラはミーリアと目が合うと、ぺこりと頭を下げた。

タフラは漆黒の瞳が印象的な美女で、フラヴィアの婚約が決まった頃、王宮の下働きをしていたところを見初められた。

以来、侍女としてフラヴィアに仕えて、ミーリアと同様にこの国までついてきた。

「あなたはもう休みなさい、ミーリア。らしくない心配顔をされても不愉快なの」

「……はい。申し訳ありません」

「タフラもいるし、王妃専属の侍女をつけてもらったから、明日の朝もゆっくりでいいわ。わたくしは陛下の寝室で朝を迎えるでしょうし」

かくして王妃の部屋を追い出され、ミーリアは寝支度をしてから自室の窓を開けた。手すりのついたベランダに出て夜空を仰ぐ。

——結婚は義務で、愛は必要ない、か。

なんとも王女らしい割りきった思考だ。

前世の恋人の存在を心の支えにしながら生きてきたミーリアには真似できない。

——もし結婚するなら、わたしは夫に愛してほしい。つらい時には支え合い、相手を大切にできる夫婦になりたいと思うけど。

だが、それもイヴァンがいたからそう思えるのだろう。

おざなりに扱われるのではなく、きちんと王女教育を受けて育ったのなら、フラヴィアのような考え方をしたのかもしれない。

——これをお姉様に話したら、また嫌な顔をされそうね。

重々しいため息をついて、ぼんやりと空を仰いだ。

前世の記憶が欠けているように、ミーリアの心にも穴があった。

孤独と抑圧により穴は広がるばかりで、たまに自分というものが分からなくなる。

こういう時、いつも同じことが頭を過ぎった。

——イヴァンに会いたい。

虚ろな目で夜空を仰いでいた時、視界の端で人影をとらえる。

三階にあるミーリアの部屋からは別棟の屋根が見えるが、そこに男性が立っていた。

しかし、こんな時刻に屋根の上に人がいるなんてありえない。見間違いかと思って二度見してしまう。

「あれって、人……？」

目をこすっていたら、屋根の上に立っている男性がこちらを向いた。

視線が絡んだ瞬間、その人物の姿が消える。

数秒後、真横からトンッと音がした。ハッとして見やれば、外套《がいとう》を纏ったアレクシスが傍らの手すりの上に立っていた。

「こんにちは、ミーリア殿」

「っ!?」

喫驚《きっきょう》して後ずさると、アレクシスが顎《あご》に指を添えてことりと首を傾《かし》げる。

「挨拶を間違えたか。そういえばもう夜だったな。こんばんは」

「……こ、こんばんは……」

「今宵は静かでいい夜だ」

「え、ええ……あの、さっき屋根の上にいましたよね……？」

「ああ。夜景を見ていたんだ」

アレクシスが手すりからベランダに着地し、平然と言ってのけた。

――びっくりした……そういえば、彼は魔導士の家系だと誰かが話していたわね。こんなに簡単に移動できるほど魔法に長けているなんて……でも、わざわざ夜景を見るためだけに城の屋根に上ったりする？

理解が追いつかなくて口を開けたり閉じたりしていたら、アレクシスがすっと手を出してきた。

「一緒に見るか」

「それは……夜景を、ですか？」

「ああ。よく見える場所へ、お連れしよう」

誘い方はスマートだが、口調が少しぶっきらぼうに聞こえたのは気のせいだろうか。

ミーリアは目を白黒させつつも、おそるおそる自分の手を乗せてみた。

直後、強めに手を引っ張られて抱きかかえられる。

アレクシスが低い声で詠唱すると、身体が浮いて、あっという間に城の展望台の上へ移動していた。

何が起きたのか分からぬうちに見晴らしのよい展望台に下ろされる。

見張りの兵士が巡回に来るらしく篝火が置かれているが、人の姿はない。

「……今、魔法を使ったんですか？」

「ああ。転移魔法だ」

アレクシスが涼しい顔で応じた。魔導士という噂は本当のようだ。

こんなに間近で魔法を体験したのは初めてで、ひたすら驚いてしまう。

――考えてみれば、イヴァンも魔力を持っていたような……でも、魔法を使っている場面が思い出せない。どうだっけ？

こめかみに指を当てた時、冷たい風が頬を撫でた。

薄手のガウンを羽織っただけだったので身震いすると、アレクシスが外套を脱いで肩にかけてくれる。

「どうぞ、これを」

「……ありがとうございます」

「屋根の上もいいが、ここからの眺望もいい」

彼が指で示した先へと目をやり、ミーリアはほうと嘆息した。

そこには王都の夜景が広がっていた。

夜更けでも民家や酒場には明かりが灯り、街角の外灯は夜通し点いている。その一つ一つの小さな明かりが集まって夜空の星みたいに煌めいていた。

――きれい……。

なにげない人の営みがこれほど美しい光景を生み出すなんて知らなかった。

ひとしきり眺めてから目線を横へ流し、アレクシスを盗み見る。改めて見ても、やはりイヴァンと瓜二つだ。

ぼうっと見惚れていたら、アレクシスが話しかけてきた。

「寒くはないか？」

「っ……はい、寒くありません」

――いけない。つい見惚れてしまった。

ミーリアはもごもごと答えながら肩にかけてもらった外套の襟を合わせた。

トクトクと早鐘を打つ胸をさすって深呼吸をしていたら、アレクシスが前を向いたまま流し目を送ってくる。

ほのかに甘さが含まれた眼差しだったので、ミーリアは少しうろたえた。

――わたしの知っている『イヴァン』とは少し雰囲気が違うわ。

大人っぽい背格好とスマートな対応のせいだろうか。

一人称の言い方も違うし、ふとした折に別人と接しているような感覚がする。

だが出会った瞬間、アレクシスは脇目もふらずミーリアのもとへ来てくれて、今も二人きりで夜景を見に連れて来てくれた。

その理由は「彼がイヴァンだから」の一言で納得できる……ならば、アレクシスはイヴァンなのか？

――悩んでいても埒が明かないわ。直球で尋ねてもいいかしら。

ミーリアはそわそわしつつも苦い表情になった。

荒唐無稽だと一蹴されそうだから、前世の記憶があることは誰にも打ち明けていない。

ミーリア自身、はじめは単なる夢だと思っていた。

しかし触感や匂いまで覚えているし、目覚めても鮮明な光景として思い出せるのだ。

あれは実際に体験していなければ無理だろう。

物憂げに吐息をついた時、アレクシスがぽつりと言った。

「今日は雰囲気が違うんだな」

心を見透かされたかと思ってドキッとする。

そうでしょうか、と小声で相槌を打つと、アレクシスの手が伸びてきて顎をくいと持ち上げられた。

「ここ数日、何度か君を見かけた。無表情でフラヴィア王女の命令に従っていた」

「っ……」

「でも、今日は表情が変わる。驚いたり、戸惑ったり、分かりやすい」

「……そんなに顔に出ていましたか」

ミーリアはおそるおそる自分の顔に触れてみた。

感情を殺して命令に従うのは、フラヴィアの侍女としての処世術だが、ミーリアはもともと情感が乏しいわけではない。

喜怒哀楽が豊かだからこそ、誰にも顧みられない人生が虚しくて悲観していた。

ただ、それを隠すのが人より上手くなってしまっただけで。

「感情を表に出すなと、誰かが君に言ったのか？」

「……それは……」

「ああ、答えなくていい。予想はつくから」

アレクシスが双眸《そうぼう》を細めながら、指の背でミーリアの頬を撫《な》でていく。

「最後に笑ったのは、いつなんだ？」

「さぁ、どうでしょう……いつだったか……」

「泣いたのは？」

「……どうして、そんなことを訊くんですか」

「君のことが知りたくて」

恋い焦がれた人と同じ顔で、そんなことを言われたら——ミーリアは不覚にも顔を赤らめた。

アレクシスはというと、赤面するミーリアを凝視しながら繰り返した。

「君のことが知りたくて」

「……何故、二回も言うんですか……」

照れくささからボソボソと呟くと、彼がわずかに口元を綻ばせる。

あ、笑った——と思った瞬間、アレクシスはすっと表情を消してしまった。

「君は生きている人間だ。感情のない人形じゃない」

「あ……」

「もっと感情を出して。今みたいに表情豊かなほうがいい」

ミーリアの火照った頰を優しく摘まんでから、アレクシスが手を引っこめる。

「そろそろ冷えてきた。風邪を引く前に戻るか」

「待って……あのっ！」

——あなたはイヴァンなの？

戻る前に尋ねなければと息を吸いこんだが、急に抱き上げられたので、ミーリアは出鼻をくじかれて言葉を呑みこんだ。

「君の部屋はここの斜め下だったな」

「ええ、たぶん位置的には……」

アレクシスが転落防止に設置された城壁にひょいと飛び乗り、下を覗きこむように身を乗り出したから嫌な予感がした。

まさかと思ってアレクシスを見上げると、彼は真顔で言う。

「飛び降りたら、そのまま部屋へ戻れそうだ」

「冗談でしょう？　落ちて死んでしまいますよ」

「大丈夫。私は落ちても死なない」

「わたしは死にます」

「君も死なない。私がいるから」

涼しげに流し目を送られたが、城壁から飛び降りるなんて想像しただけでも背筋が冷える。慄《おのの》いていたら、こちらを観察していたアレクシスが「ああ、そうだ」と呟いた。

「ミーリア殿」

「……はい？」

「次は、もっと暖かい格好で来よう」

次もあるの――と、目を丸くするのと同時に彼が城壁から飛び降りた。

ミーリアは悲鳴を飲みこみながらアレクシスにしがみついたが、落下の浮遊感はほんの数秒で終わり、ベランダに着いていた。

ゆっくりと下ろされたものの、飛び降りた衝撃が大きすぎて足元がよろめく。

すかさず抱き留められて落ち着かせるように頭を撫でられた。

「その外套は預けておく。また、明日の夜に」

アレクシスがトンッと手すりに飛び乗って、ひらりと手を振った直後に姿を消す。

慌てて周囲を見回したが、もう彼の姿は影も形もない。

いきなり目の前に現れて、去り際まで気まぐれな風のようだった。

すべて夢だったのかと疑いそうになるが、肩にかけられた外套が現実であったと証明している。

ミーリアはふらふらと室内に戻り、椅子に外套をかけてベッドに横たわった。

アレクシス・ノルディス。イヴァンとそっくりな魔導士でつかみどころのない男性。

『——また、明日の夜に』

ミーリアは毛布に包まり、枕に顔を埋める。

結局、彼がイヴァンなのか確かめられなかった。

けれども明日の夜にまた会いに来てくれるようだし、焦る必要もないだろう。

『もっと感情を出して。今みたいに表情豊かなほうがいい』

優しく摘まれた頬をさすって、ミーリアは憂いの吐息をつく。

——そういえば、最後に笑ったのはいつだったかしら。

もう遥か昔のことのようで思い出せなかった。

その日以降、夜になるとアレクシスと会うようになった。

ミーリアがベランダに出ると、彼は大抵、近くの屋根の上にいて遠くを眺めている。

「ミーリア殿、こんばんは。一緒に夜景を見るか？」

決まってそう誘われるので、ためらいがちに応じれば、抱きかかえられて見晴らしのよい場所へ移動する。

そこで夜景や空を見ながらとりとめのない話をした。

「アレクシス様はどうして毎晩、お城の屋根の上にいらっしゃるの？」

「ここからがいちばんよく見えるんだ」

「そんなに夜景がお好きなんですね」

「ああ。夜景も好きだ」

「他にも何か見えるんですか？」

「そうだな。今は夜空と、瞬く星と、あとはミーリア殿が見える」

「確かに。わたしは隣にいますものね」

「…………」

「……どうして頬をつつくんです？」

「ここにいるなと思って」

頬をつついたアレクシスが美麗な面を少し綻ばせたので、心臓がドキッと鳴った。

ミーリアはすばやく目を逸らして夜景を眺めるふりをする。

――いきなり微笑まれると心臓に悪いわ。少しは慣れてきたと思ったんだけど。

普段の彼は無表情だから、何を考えているのか分かりづらい。

そのくせ不意打ちで笑いかけられたり、意味もなく見つめられるとドキドキして、いちいちうろたえてしまうのだ。

――こんなに動揺するのは、彼といる時だけ。

侍女の仕事をする際、ミーリアは感情を出さずに淡々と行なう。

大抵のことには動じないという自負もあったが、アレクシスと会うようになって、その自信は段々と薄れてきた。

彼と一緒にいる時は、フラヴィアの側にいる時ほど気を張る必要はない。

笑いかけられただけで、うぶな小娘みたいに動揺するなんて情けないけれど、それが不思議と自分らしい気もして——。

無意識に口を尖らせたら、アレクシスがまた頬をつついてくる。

「何か悩みごとか?」

「いいえ。どうしてそんなことを?」

「口が尖っていたから」

「……無意識でした。ただ考えごとをしていただけなんですけど」

「そうか。それならいい」

アレクシスの大きな手が頭にポンと乗せられる。

よしよしと撫でられて硬直していたら、今度はさりげなく腰を抱かれた。

「あっ……」

「冷えてきたから、そろそろ戻ろうか。風邪を引くといけない」

またしてもうろたえている間に抱きかかえられて、部屋のベランダまで送られる。

「そうだ、ミーリア殿。これを君に」

「？」

「おすすめの小説だ。よければ気晴らしにでも読んでみてくれ」

「ありがとうございます」

差し出された本を受け取り、ミーリアは大きく息を吸った。

「アレクシス様。わたしからも一つ、訊きたいことが――」

「本を読んだら、また感想を聞かせてくれ」

アレクシスは質問に被せるようにそう言って、外套を翻しながらトンッと手すりに飛び乗った。肩越しに振り向き、手をひらりと振る。

「おやすみ。よい夢を」

甘い声で夜の挨拶をした彼は宵闇の中へ消えてしまう。

その去り方があまりに颯爽《さっそう》かつ華麗だったので、ミーリアはぽつりと呟いた。

「……格好いい……」

自分の口から飛び出した言葉に、再び動揺する。

――わたしったら何を言っているの……でも、今のは本当に格好よく見えたわ。

高鳴る胸をさすって「夢見がちな乙女か」と苦笑し、ハッとした。

「また、訊けなかったわ」

あなたはイヴァンですか？

そう尋ねようとするたびにアレクシスははぐらかすか、質問を遮《さえぎ》ってしまう。

それでいて彼のほうから前世の話を振ってくることもない。

――あれは、わざと遮っているみたいね。もしかして訊かれたくないとか。

はじめは偶然かと思ったが、先ほどのやり取りで確信した。

――彼の真意は分からない。でも訊かれたくないことを、今は無理に訊き出す必要はないのかしら……わたしを疎んで、質問を遮っているわけではなさそうだから。

出会った時、アレクシスは真っ先にミーリアのもとへ来てくれた。

そして夜になると人目を忍んで逢瀬をするように現れて、ミーリアとひとときを過ごして去っていく。

――それに、きっとまた夜になれば会える。

ミーリアは部屋の中へ戻り、渡された本をパラパラと捲《めく》った。

子供の頃はおとぎ話が好きだったが、フラヴィアの侍女になってから教本しか読まなくなった。自由時間も勉強ばかりで、小説を読もうとはならなかったが――。

「これ、たぶん恋愛小説ね」

章タイトルを確認し、一驚すると同時に胸が温かくなった。

――わたしのために選んでくれた本なのね。すごく嬉しい。

体面を繕うためや、お人形に誂《あつら》えるみたいに服や装飾品を贈られるのとは違う。

ミーリアは本を抱えてベッドに入ったが、勝手に口元が綻んでしまった。

アレクシスと出会ってから凍りついていた心がほどけていく。

会いたかった恋人と、同じ姿かたちをした人。

いつの間にか彼とは『ミーリアとアレクシス』として距離を縮めつつあった。


あっという間に半年が経過し、ウルティム王国での生活に慣れ始めた頃、フラヴィアが妊娠した。

ウルティム王国には、すでに王太子がいる。

亡くなった前王妃が生んだ第一王子で、十三歳のゲルガー・ウルティムだ。

もし、フラヴィアの腹の子が男児なら第二王子、女児なら第一王女になるだろう。

「妊婦って大変なのね。気分が悪いわ」

フラヴィアはカウチに寝そべり、悪阻《つわり》でげっそりとした顔で言う。

ミーリアが隣に座って背中をさすってやると、その手をそっと退かされた。

「タフラ。タフラはいる？」

「はい、こちらに」

「昨夜は湯浴みができなかったから、汗を流したいの。すぐに準備をして。……ミーリアはもういいから下がりなさい。あなた、ゲルガーの教師になってから忙しいんでしょう」

「よろしいんですか？」

「ええ。わたくしの世話はタフラやメイドがいるし、ユルゲンからも言われたの。他にゴルド文字を読める教師もいないから、できるだけ時間を融通してやってくれって」

フラヴィアが起き上がってひらひらと手を振った。

ユルゲンというのはウルティム王国の宰相、ユルゲン・トバイアス公爵のこと。強面《こわもて》で気難しい男だが、人を見る才があり、優秀ならば身分に関係なく取り立てる。王太子の教育担当もしていて、ミーリアが勤勉かつゴルド文字を読めると知るなり、教師として推薦してくれたのだ。

「ミーリア様、あとのことはお任せください。また、のちほど」

「ええ。お願いね、タフラ」

声をかけてくれたタフラに頷き返し、ミーリアはフラヴィアの部屋を後にした。

——最近、お姉様の側にいる時間が少ないのよね。

ルドラド王国にいた頃、フラヴィアは束縛が激しかった。

とにかくミーリアを側に置きたがり、反対を押しきって嫁ぎ先まで連れてきたほどだ。

だが、ここ最近は束縛が減り、王太子の教師になることも許してくれた。

加えて、例の『お人形遊び』もなくなった。

お気に入りの侍女タフラが側にいて、ウルティム王とはそれなりに関係を築いているようだから、ミーリアへの興味が薄れたのかもしれない。

——教師としての仕事はやりがいがあるし、そのほうが正直ありがたいわ。

ミーリアは自室で準備をしてから、図書室へ向かった。

ウルティム王城の図書室は別棟にあり、二階建てで地下に書庫がある。

二百年前、魔法弾圧によって多くの魔導書が焼失したが、それを逃れた古い魔導書が書庫で眠っていた。

図書室の司書に声をかけ、ミーリアは地下へ続く石階段を下った。

整然と並ぶ書棚の奥には作業用のテーブルとイス、休憩用のカウチがある。司書が用意してくれたのだ。

ミーリアは持参したランプのもと、テーブルで古びた魔導書を開いた。担当教科はゴルド文字。難解な言語なので教材づくりが大変だった。

一般的には学ぶ必要はないが、王太子ゲルガーは魔力を持っているため例外だ。

魔導士が稀少になった現在、ウルティム王家に魔力を持つ子供が生まれるのは、およそ数十年ぶりらしい。

今のうちに魔力の制御法を身につけて、魔法を使えるようになれば国防にも役立つ。

問題は魔法の指南役や、魔導書に使われるゴルド文字の教師がいないこと。

ウルティム王国にもサージュ・マルティニークという国家魔導士がいるけれど、高齢で隠居中のため教師は難しい。

そこで、ゴルド文字についてはミーリアに白羽の矢が立ったのだ。

一区切りついたところで、ミーリアはカウチに移動した。休憩がてら読みかけの本を開いて、ひっそりと嘆息する。

「はぁ……ランス王子、格好いい……」

アレクシスにもらった本を読んでから、ミーリアは恋愛小説にはまった。

困難を乗り越えた先で、恋人たちが結ばれるハッピーエンド。

王道な展開だが、読み終えた時の感動たるや――一瞬で心を鷲掴《わしづか》みにされてしまった。

以来、おとぎ話から書店にある恋愛小説まで読み漁っている。

――前世でも本が好きだった記憶はあるけど、わたしってベタな恋愛ものが好きだったのね。この高揚感は楽しいし、不思議と懐かしい。

パラパラと読書を始めたものの、すぐ眠気に襲われた。昨夜も遅くまで本を読んでいたせいだろう。

少し目を休めようと瞼を閉じれば、そのまま睡魔に呑みこまれる。

しばらくうとうとしていたら、誰かに肩を揺すられた。

「ミーリア殿、ミーリア殿」

「……ん……」

薄らと目を開けると、しかめっ面のアレクシスがいた。

「こんな人けのないところで、一人で転寝《うたたね》するのは危ないだろう」

「……すみません……つい、眠くて……」

欠伸《あくび》をしてから、はたと動きを止める。

「アレクシス様。どうしてここに？」

「書庫へ魔導書を探しに来たんだ。それに、君がいるかと思って。先日の夜、教材づくりをしていると話していたから」

アレクシスとの夜の逢瀬――勝手にそう思っているだけだが――は今も続いていた。

彼は聞き上手で、いつも熱心に話を聞いてくれる。

だからミーリアも饒舌《じょうぜつ》になってしまい、王太子の教師になったことも打ち明けていた。

隣をどうぞと示したら、アレクシスが「失礼」と真横に座った。

「昼間にアレクシス様とお会いするのは初めてですね」

「ああ、今日は宰相のユルゲンに呼ばれて城へ来た。王太子に魔法を教えてやってくれと頼まれたんだ」

「魔法……アレクシス様は魔導士ですものね。お請けするんですか？」

「迷っているんだ。私は教師に向かない。教え方も分からないから」

――気持ちは分かるわ。人に教えるのって難しいもの。

ミーリア自身、教材づくりをしながら実感している。

とはいえゲルガーは優秀な生徒だ。まだ基礎的な授業しかしていないが、呑みこみの早さには舌を巻く。

腕ききの指南役がいれば、魔法もすぐに上達するだろう。

それとなくそう伝えてから、ミーリアは声色を和らげる。

「もし、アレクシス様が魔法を教えることになれば、わたしたち同僚になりますね」

「同僚、か……そうだな。君がいるなら前向きに検討してみる。――ところで、何の本を読んでいたんだ？」

急に話題が変わったので、ミーリアは読みかけの本を隠した。

暇があれば恋愛小説を読み漁っているなんて、恥ずかしくて言えない。

「ただの小説です。休憩がてら読んでいただけですが」

アレクシスが琥珀《こはく》の双眸を細めて「なるほど」と呟く。

「それで眠くなったのか」

「ええ、まぁ……少し寝不足でもありましたから」

「では、私が膝枕をしよう。少し仮眠をとったほうがいい」

彼が自分の膝をポンポンと叩いてみせた。

「……さすがに、そんなはしたない真似はできません。本来なら、あなたと二人きりになるのも褒められたことではないのに」

「大丈夫、誰も見ていないから」

「あの、ですが……」

「ミーリア殿。……ミーリア殿？」

普段あまり感情の起伏を見せないアレクシスが語尾を上げ、小さく笑んだ。

不意打ちの笑みと流し目まで送られて、ミーリアの心臓が大きな音を立てる。よろよろと前のめりになって高鳴る胸に手を当てた。

――ま、まただわ……笑いかけられただけで心臓がドキドキする。しかも、以前よりひどくなっている気がする……イヴァンと同じ顔をしているからだと思ったけど、たぶんそれだけじゃないわ。

これはいよいよ『アレクシス』にドキドキしてしまっている。

結局、圧に負けて、おずおずとアレクシスの膝に頭を乗せてみた。

「……枕が硬い」

ぼそりと呟くと、小さな笑い声が降ってくる。

目線を上げたらアレクシスと目が合った。

先ほどの微笑とは違い、口の片端を上げている……初めて見る意地悪そうな笑みだ。

だが、彼はそれを瞬時に消し、手のひらをミーリアの髪に添えた。寝かしつけるように撫でてくれる。

優しい撫で方に、ミーリアはふうと息を吐き出した。

――以前、男性に触れられそうになった時は気持ち悪かった。でも、アレクシス様が相手だと全然そんなことないのね。

うるさかった鼓動も鎮まっていく。彼の膝は硬くて寝心地がいいとは言えないが、すぐそこにアレクシスの温もりがあるだけで安心した。

「このまま眠れそうか？」

「ええ」

「それでは眠る前に、一つだけ。――ミーリア殿」

呼ばれて薄目を開けたら、前屈みになったアレクシスの顔が近くにあった。

一瞬キスされるのではないかと思い、息を呑んだら彼の唇が動く。

「今度、私と二人で街へ出かけないか」

これは、よもやデートのお誘いでは？

一気に眠気が冷めて、ミーリアは目を見開いてから頷く。

「出かけたいです。お姉様から許可がもらえたら、になりますが」

「では、訊いてみてくれ」

アレクシスが「楽しみだな」と囁き、ミーリアの頭を撫でながら正面を向いた。

ミーリアも寝たふりをしたが、また胸の鼓動がうるさくなって眠気も吹っ飛んでいた。


「いいわよ。出かけてらっしゃいな」

勇気を出して許可をもらいに行くと、フラヴィアはあっさり承諾してくれた。

「本当にいいんですか？」

「あなたも年頃だし、そういう経験も必要でしょう」

「ありがとうございます、お姉様」

「ええ。……けれど、ずいぶんノルディス公爵と親しくなったのね。ミーリアはどうして彼に興味を持ったの？　顔がいいから？　それとも、珍しい魔導士だから？」

答えに詰まったら、フラヴィアが物憂げにかぶりを振った。

「やっぱり答えなくていいわ。ノルディス公爵が一緒なら護衛は要らないわね。二人で楽しんでいらっしゃい」

異母姉の声には棘があって、拒絶するようにそっぽを向かれてしまい、ミーリアは小さな声で「はい」と返事をすることしかできなかった。

そして、アレクシスとのデート当日。

彼は馬車で迎えに来てくれて、ミーリアを街の大通りへ連れて行った。

人目につかない路地で馬車を降りると、アレクシスは外套のフードを被るようにとミーリアに指示をして、大通りを指さす。

「それでは、ミーリア殿。これから私を尾行してくれ」

「尾行？」

「私が先を歩くから、距離を空けてこっそりとついてくるんだ。もし、何かあればすぐに駆けつける。そこは安心してくれ」

「はぁ……」

意味が分からなくて生返事をすると、彼はさっさと歩き出してしまった。

とりあえず言われたとおりに一定の距離を空けて、探偵みたいに尾行を始める。

――これって何の意味があるの？

ゆったりと歩くアレクシスの後を追いながら首を傾げていたら、彼が街角にある花屋の前で立ち止まった。

ミーリアは街灯の陰に立ち、こっそりと様子を窺う。

「その薔薇を二本」

「かしこまりました。贈り物でしたらラッピングもできますが」

まった。


「……じゃあ、頼む」

アレクシスが店員と話しているが、距離があるので聞こえづらい。

ほどなくして薔薇を受け取った彼が歩き出し、今度は親子連れで賑わうパン屋の前で止まった。

ミーリアは人を待っているふりをしつつ、停まっている馬車の陰から覗く。

アレクシスはパン屋の入り口を見つめたまま動かない。

黒い外套を纏い、地味な装いなので公爵だとは分からないだろうが、いかんせん長身だから目立つ。

パンを買いに来た親子が邪魔そうにアレクシスを睨み、その美丈夫ぶりに驚くという流れが何度か繰り返された。

――固まっているみたいだけど、もしかしてパンの買い方が分からないのかしら。

パン屋の前でためらう彼は少しかわいいと思ってしまう。

ドキドキしながら見守っていたら、アレクシスがぎこちなくパン屋に入っていった。

数分と経たないうちに紙袋を持って出てくる。

――買えたみたいね。

ほっと安堵して、尾行を続行した。

アレクシスは薔薇の花束と紙袋を抱えて、眺めのいい川べりを歩き出す。

王都を流れる川は幅が広く、赤い橋がかかっていた。川沿いには青々とした芝生が敷かれた公園があり、街の子供たちが遊んでいる。

十メートルほど先を歩くアレクシスの横顔が見えたが、ひどく真剣な様子だった。

――これが彼なりのデートなのかしら。

そうだとしたら変わっている……変わっているけれど、なんだか楽しい。

それに、いつもスマートなアレクシスのぎこちない姿を見守るのも面白かった。

公園の遊歩道に差しかかったところで、アレクシスが立ち止まる。ゆったりと追いかけていたミーリアに振り向き、棒読みで言った。

「君がついてきているのは分かっている」

「え？　……あ、わたしのことですか？」

おいでおいでと手招きをされて、ミーリアは彼のもとへ歩み寄る。

「よければ一緒に昼食でもどうだろうか」

「はい。ぜひ」

どうやら、ここで尾行は終わりらしい。

少し残念に思いつつも近くにあったベンチに座り、紙袋に入っていたサンドイッチを頬張った。

「おいしいです」

「それはよかった。何の具材が好きか分からなくて、適当に買って来たんだが」

「わたしは好き嫌いがないので、なんでもおいしくいただけます。アレクシス様は、食べ物に好き嫌いはあるんですか？」

「嫌いなものはない。好きな食べ物は……リンゴ」

——リンゴ……そういえば、イヴァンもリンゴが好きだったような……。

断片的な記憶を探っていたら、アレクシスがチラリと視線を送ってきて、すぐに話題を変える。

「今日は楽しかったか？」

「はい。でも、尾行なんて初めてしました」

「私も尾行されたのは初めてだ」

「……前から思っていましたが、アレクシス様って少し変わってらっしゃるのね」

「変わっている……そんなに、おかしいか？」

「おかしくはないです。不思議な方だなと思う時はありますが」

「たとえば？」

「うーん……屋根の上にいたり、夜景を見に行こうって誘ってきたかと思えば、いきなり展望台から飛び降りたり……人の来ない書庫でも会ったりして、神出鬼没ですし……今日も急に尾行しろと言われて、何がなんだか分からないままついていったら、花とパンを買って散歩を始めて……とにかく不思議なことばかりで……」

首を傾げつつ唸ったら、アレクシスが顔を伏せて肩を小さく揺らす。

「アレクシス様？」

「いや、なんでもない。私のふるまいで、君が不愉快に思っていないといいが」

「そんなふうには思いません」

――むしろ、なんだか妙にときめくことが多かったわ。

ミーリアは心の中で零して、昼の日射しに照らされた公園を眺めた。

遊歩道をゆっくりと散歩する老夫婦や、芝生で昼食をとっている親子連れがいる。

平穏で、のどかな日常。長らく息が詰まるような環境にいて、こんな穏やかな心地になれたことはなかった。

――彼と出会ってから、自分が変わってきているのが分かる。

ふと、ミーリアは眩《まぶ》しげに目を細めて口角を緩める。

それは意識したものではなく、ごく自然に零れた微笑み。

アレクシスの手が伸びてきて、ミーリアの頬に添えられた。

「やっと笑った」

「あ……わたし、笑っていましたか？　つい、気が抜けてしまって」

「いい、もっと笑ってくれ。そのほうが私も嬉しい。――間違っていなかったんだと思えるから」

独り言のように呟き、アレクシスがゆっくりと立ち上がった。

目で追いかけるミーリアの正面で片膝を突き、ラッピングされた薔薇を差し出してくる。

「君のために花を買ったんだ」

二輪の深紅の薔薇と、真剣なアレクシスの顔。

木漏れ日に照らされて彼の金髪はキラキラと光り、まっすぐに射貫いてくる琥珀色の瞳は曇り一つなく澄んでいた。

まるで小説のワンシーンのようだったから、しばし見惚れたあと、ミーリアは両手で薔薇を受け取った。

「ありがとうございます」

「どういたしまして。こういうのも好きそうだと思って」

——そのとおりよ……こういうの、ベタだけど好きだわ。

もはや認めざるをえない。ベタなシチュエーションや洒落たふるまいも大好きだ。

だが、それを面と向かって指摘されると、恥ずかしくて穴でも掘って隠れたくなる。

薔薇に負けないくらい赤くなった顔を背けようとしたら、彼の手が伸びてきた。

くいと顎を持ち上げられて、アレクシスの顔が近づいてくる。

キスをされると思って目を閉じたが、唇ではなく額に柔らかな感触があり、吐息のかかる距離で彼が囁いた。

「君は、きっと私に訊きたいことがあるだろう」

「――え？」

「でも、今は答えられない。もう少し準備をしたいんだ。それに、まずは『今の私』のことも好きになってほしかったから」

今の私を、とアレクシスは強調した。

「少しずつ距離を縮めて、一から関係を築きたかった。外出に誘ったのも好きになってほしかったからだ。君が変わっていると言った、アレクシス・ノルディスを」

「っ……」

前世の恋人に会いたい。

ミーリアはそれを支えに生きてきて、アレクシスと出会った時は感動すら覚えた。

何故ならば、彼はずっと会いたかったイヴァンにそっくりだったから。

今でもアレクシスはイヴァンの生まれ変わりだと思っている。

しかし、アレクシスへの想いはそれだけではない。

抑圧された生活をしてきて、ミーリアはずっと自分を殺していた。

そこで彼と出会って感情を表に出せるようになり、好きなものを思い出し、楽しめるようになった。

どれもアレクシスのお蔭であり、今を生きながら得たものだ。

なにより、彼の側は心地よくて安心する。触れられても平気だし、アレクシスとのやり取りの中でドキドキして、うろたえたことだって何度もあった。

他の人を相手に一度だってそんな状態になったことはない。

——それって、アレクシス様が特別ってことでしょう。

彼がイヴァンなのかどうか抜きにしても、それだけは確かなのだ。

ミーリアは紅潮した顔を伏せて、素直にその気持ちを告げた。

「……わたしはもう、アレクシス様が好きです。あなたといると、自分を出すことができて……変わっているとは言いましたが、そういう謎めいたところも、あなたの魅力だと思うから——」

皆まで言い終わらないうちに抱き寄せられた。

アレクシスの腕に閉じこめられて、いとしいものにするように髪に頬ずりされる。

「！」

「私も、君が好きだ。……ずっと大好きだ」

肩を抱くアレクシスの手に力がこもる。身体が撓《しな》りそうなほどに強い抱擁だった。

ミーリアは小さく身震いしたけれど、彼の背にそっと腕を回す。

「はい。嬉しいです」

「ミーリアと呼んでもいいか」

「はい」

「キスをしても、いいか」

「……はい」

アレクシスがミーリアの頬に手を添えて、ゆっくりと唇を重ねた。

──わたしは、このキスを知っている。

少し拙いが、とても優しいキスだ。

懐かしさと感動で胸が熱くなり、じわりと涙がこみ上げた。

「ミーリア……ミーリア」

啄《ついば》むように口づけたあと、アレクシスが至近距離でミーリアを見つめてきた。

太陽みたいな黄金色の瞳には彼女の姿だけが映っている。

「君が知りたがっていることは、準備ができたら話そう。でも心配はいらない。ミーリアが考えているとおりの答えだから」

──そんなの、もうイヴァンだと答えているようなものじゃない。

涙の粒がぽろりと頬を流れた時、アレクシスがおもむろにミーリアの手をとった。

「それに、これだけは断言できる。私は君のことがいちばん大切で、ただ君に会いたいと思って生きてきたんだ」

「……はい」

「だから、これからは共に人生を歩みたい。今この時を生きる、アレクシスとミーリアとして」

姫に傅《かしず》く騎士みたいに手の甲へと口づけられる。

「ミーリア。どうか、私と結婚してくれないか」

薔薇を渡された時と同じ、小説のワンシーンみたいなプロポーズ。

心臓がトクトクと早鐘を打ち、戸惑いと喜びで感情がぐちゃぐちゃになっていく。

――わたしも彼と生きたい。

彼がイヴァンだと信じて。

そして、今を生きるアレクシスとミーリアとして――。

「はい。よろしく、お願いします」

答えるやいなや、アレクシスにきつく抱きしめられた。

そこからは現実味がなくふわふわとして、ミーリアは彼と手を繋いで帰路を辿りながら夢見心地だった。

――まるで運命のようだわ。

異母姉の嫁ぎ先で前世の恋人とそっくりな男性に出会い、また心惹かれて、プロポーズをされる。

それを運命と言わずに、なんと言うのだろう。


アレクシスとの婚約を発表したのは、それから一ヶ月後のこと。

ウルティム王と宰相ユルゲンはすぐに結婚の許可をくれて、ルドラド王国にも連絡をとり、フラヴィアだけは最後まで渋っていたが、最終的に許してくれた。

挙式はフラヴィアの出産時期と被らないよう調整し、無事に男児……第二王子セドリックが生まれた数週間後に日程が組まれた。

ウルティム王の計らいにより、城の敷地内にある礼拝堂を使わせてもらうことになって準備は粛々《しゅくしゅく》と進められていった。

しかし、式の当日――ミーリアはメイドに扮した女に襲われて、アレクシスが刺されるという大事件が起きることになる。

第二章　新婚生活をしよう

それは遥か昔の記憶。

ぽかぽかとした西日が射す窓辺で、彼と寄り添って本を読んでいる夢だ。

『それで、今日は何を読むんだ？』

『昨日の続きよ。伯爵令嬢のアンリが旅先で騎士オーリスと出会ったあとの話』

『はぁ～。また恋愛ものか。しかもその本、何回読んでいるんだ』

会話の中身は断片的にしか思い出せないが、苦笑した彼はやれやれと首を振って生返事ばかりしていた。

『ちゃんと話を聞いて、イヴァン』

『聞いてるよ。あれだろう……なんやかんやあって、ハッピーエンドがいいんだろう』

適当に相槌を打った彼が小難しい本をパラパラと捲る。

面倒そうに聞き流されるから、ミーリアはぷりぷりしながら彼の肩に凭《もた》れた。

『イヴァン、最近ちょっと冷たいわ。昔はもっと素直で優しかった』

『俺は昔からこうだけど』

『いいえ。さっきみたいな意地悪はしなかったし、ここまでツンツンしていなかった』

文句を言いつつも、イヴァンとくっついて手を繋ぐ。

他愛ないやり取りと、ありふれた日常のひととき。

——この時間がいつまでも続けばいいのに。

心からそう願った時、どこからか誰かの金切り声が響いてきた。

『うるさい、どけぇえ！　あたしはその女を殺すのよ！』

ミーリアはハッと目を覚ました。傍らのベッドで眠るアレクシスを見て、今のは夢かと肩の力を抜く。

——また、昔の夢を見たわ。

血まみれの結婚式から、すでに一夜が明けている。

一晩中アレクシスに付き添っていたので、椅子に座ったまま転寝してしまったらしい。

「おや、起こしてしまいましたかな」

ベッドを挟んだ反対側から、静かな声がする。

ミーリアが弾かれたように目を向けると、黒いローブ姿の老人が佇んでいた。

サージュ・マルティニーク。ウルティム王国、唯一の国家魔導士だ。

国家魔導士は国に雇われた魔導士で、魔法が稀少となった現在は重宝されている。王侯貴族が怪我や病気を患ったら治癒魔法を用いたり、他国への対抗策に助言をしたりと、仕事内容は多岐に渡った。

サージュ自身、顎に立派な白髭をたたえた好々爺で、近寄りがたいとされる魔導士でありながら話しやすい人物だった。

ただ、今は高齢のため隠居生活を送っていて、有事の際には駆けつけてくれる。

ミーリアもフラヴィアの婚礼の折に、挨拶をしたことがあった。

「サージュ様。いらっしゃったのですね」

「ええ。ノルディス公爵の容態が気になりまして」

「サージュ様のお見立てでは、どうでしょうか」

「心臓の拍動に乱れはなく、魔力の流れも滞りない。体力を取り戻すために深く眠っておられるだけで、そろそろ目を覚まされるでしょう」

サージュが顎髭を撫でた時、ノックの音がして、憤ったフラヴィアが入ってきた。

「ミーリア。あなたを襲った犯人の正体が判明したわよ」

フラヴィアの後ろには、神妙な面持ちをした宰相ユルゲンがいる。

ただならぬ緊張感が伝わってきて、ミーリアは背筋をピンと伸ばした。

最後尾にいた侍女のタフラがドアを閉めたところで、フラヴィアが口火を切る。

「昨日、捕縛された犯人はわたくしの愛人だったわ」

口を尖らせる異母姉の横で、強面の宰相ユルゲンが眉間に深い皺《しわ》を寄せていた。

「愛人といっても、表向きは侍女として側に置いていたの。見目麗しくて気に入った子なんだけれど、嫉妬深くて、よく諍《いさか》いを起こしていたわ。結局、わたくしの手に負えなくて城から出したことで、捨てられたと恨んでいたみたい」

不愉快そうに言ってのけるフラヴィアに、ミーリアは言葉を失くす。

ウルティム王国へ来てから、異母姉はミーリアを遠ざけていた。

アレクシスとの結婚が決まってからは侍女の仕事も外されたので、フラヴィアに愛人がいたことすら気づかなかった。

「……それで、どうしてわたしが襲われたんでしょう？」

「わたくしがかわいがっている異母妹だから、だそうよ。あなたはお人形みたいにきれいで、誰よりも特別なお気に入りだもの」

フラヴィアの手が伸びてきて、ミーリアの頬をするりと撫でた。

「わたくしが愛を囁く子たちも、それを承知している……はずだったのだけれどね。今回の件はわたくしの落ち度よ。とにかく無事でよかったわ」

「お姉様……」

「捕縛した子は、厳重な処罰を受けることになる。あなたの結婚式で騒ぎを起こしてしまって悪かったわ」

異母姉が素直に謝るのは珍しい。

驚いていると、フラヴィアがアレクシスのベッドを見た。

「ノルディス公爵にも感謝しているわ。彼がいなければ、ミーリアの命が危険だった」

眠っているアレクシスをしばし眺めてから、フラヴィアは踵《きびす》を返す。

すると、そこで初めて宰相ユルゲンが口を開いた。

「フラヴィア様。陛下はあなた様の私生活に口を出すおつもりはないようですが、今回の件は看過できません。陛下とも、じっくりお話しくださいませ」

「分かっているわ、ユルゲン。きちんと話すから、そう睨まないでちょうだい。目つきが怖いのよ」

「睨んでおりませんし、私は元からこういう目つきです。緘口令《かんこうれい》は敷かれると思いますが、今後は行動をお慎みください」

「分かっていると言っているでしょう。……彼、ミーリアの様子を見に行くと言ってついてきたけれど、わたくしが説明と謝罪をきちんとできるか見張っていたのよ」

半目で監視している宰相を睨むと、フラヴィアは憂鬱そうに部屋を出て行った。

去り際、小さな囁きが聞こえる。

「――でも、あの子。嫉妬深くても、人を殺そうとするような子じゃなかったのに」

ミーリアが目を瞬かせている間に、宰相ユルゲンが「今後の対応はお任せください」と仰々しく一礼して、フラヴィアの後に続いた。

「それでは、私もこの辺で失礼します」

影のごとく控えていたサージュが滑るような足取りで去っていく。

ドアが閉まると、ぴりりとした緊張感がとけて、ミーリアは力なく椅子に座った。

「……お姉様の愛人って……そんなこと、あるのね」

本気で命の危険を感じたし、アレクシスも大怪我をしたのだ。

もっと怒るべきだったのかもしれないが、意外な犯人の正体と、しおらしいフラヴィアへの驚きで毒気が抜かれた。今は憤る気力もない。

重々しく息を吐き、なにげなくベッドを見たらアレクシスが目を開けていた。

思わず腰を浮かせると、眠たげな琥珀の双眸がこちらを向く。

「アレクシス様！　目が覚めたんですね」

「ミーリア……怪我はないか？」

開口一番、気遣う質問をされたので泣きそうになった。

「あなたが庇ってくださったお蔭で、わたしは無傷です。どこか気分が悪いとか、痛いところはありませんか？」

「ああ。どこも痛くない」

「よかった……しばらく、この部屋で休んでいいと言われているので、何か欲しいものがあれば用意しますよ」

「……水が、飲みたい」

アレクシスは寝ぼけているのか、いつもより受け答えがたどたどしく、グラスに水を注ぐミーリアの姿をぼうっと見つめていた。

「はい、どうぞ。あとは……」

「リンゴ。ここで剝《む》いてほしい」

「分かりました。ちょっと待っていてください」

祖国にいた頃、フラヴィアが甘酸っぱい果実を好んで食べていたから、リンゴをはじめとする果物の皮むきは得意なのだ。

「厨房でリンゴをもらってきますね」

まだぼんやりしているアレクシスに声をかけて、ミーリアは足早に部屋を出た。

◆

ミーリアが出て行ったあと、アレクシスは閉まったドアから目を逸らさずに言った。

「――いつまでそこにいる。鬱陶《うっとう》しい、去れ」

部屋の窓が開いていて黒いカラスがとまっている。

その姿を確認もせず、もう一度、低く抑揚のない声で命じた。

「去れ」

【お目覚めになられて安心いたしました、ノルディス公爵。どうか、お話を……】

人語を話すカラスがしゃがれた声で何か言おうとしたが、アレクシスは指を振って音を遮断する。耳障りな声が一切聞こえなくなった。

――しかし、失敗した。他にも手段があったはずなのに、ミーリアが刺されそうになったのを見たら咄嗟に身体が動いた。

刺された胸をさすって重たい息をつく。昏倒《こんとう》するなんて情けないし、目覚めるまでも時間がかかってしまった。

カラスは口惜しそうに窓の近くでうろうろしていたが、ミーリアの足音が聞こえたのか煙のごとく姿を消した。

まもなく、ミーリアがリンゴをのせたトレイを持って入ってくる。ベッドサイドの椅子に座り、手際よくリンゴの皮を剝き始めた。

その姿を、アレクシスは焦がれるように見つめる。

ミーリアの落ち着きのある所作や、てきぱきと世話を焼いてくれるところは昔のままだ。

ふと、彼女の口が動いているのに音が聞こえないと気づいた。

——ああ、そうか。音を消していたんだ。

軽く指を振るだけで、音を遮断する魔法が解ける。

途端に、柔らかくてよく通るミーリアの声が耳に届いた。

「……なので、先に婚姻証明書を提出して、今後はノルディス家の屋敷でお世話になります。ただ、挙式は延期ですし、アレクシス様の体調も考えて……少しの間、お部屋も別々ということで……」

ミーリアが頬を赤らめて、言いづらそうに声を小さくさせた。

部屋というのが寝室を指していると分かって、アレクシスはすばやく言い返す。

「部屋は一緒にしよう」

「短剣で胸を刺されたんですよ。しばらく、ゆっくり休んでください」

「私はこのとおり元気だが」

「まだ顔が青白いですし、血の巡りが悪いんでしょう。ずっと目を覚まされなくて心配したんですよ」

「それは……心配をかけて、悪かった」

「こちらこそ。危ないところ助けていただき、ありがとうございます」

お互いにぺこりと頭を下げて、目が合うとミーリアが笑った。

「体調が万全になったら、お部屋も一緒にしましょう。それに、そろそろ質問にも答えてもらいたいです。準備をしたいとおっしゃっていましたけど……」

「その件なら、ノルディス家の領地へ連れて行って話そうと思っていた」

「領地……もしかして、何か関係がある場所ですか？」

「ああ。以前、ヴェントリー侯爵が所有していた土地だから」

「ヴェントリー侯爵……」

リンゴを皿に並べていたミーリアが記憶を探るように目を細める。

「その名前、聞き覚えがあります。でも、誰なのかまでは分からなくて……」

アレクシスは彼女の反応を観察しながら、指をトントンと二回動かした。

――誰なのか分からない、か……ということは、記憶が欠けているのか。まぁ、何かしらの弊害は予想していたことだ。

どの程度、記憶が欠損しているのかは確かめたいが、きちんと彼のことを認識しているのならば問題はない。

どんなかたちであれ、彼女がここにいる。

アレクシスが重要視するのはそれだけだった。

「分かった。そのあたりも説明しよう。……ところで、ミーリア」

「なんですか」

「リンゴ」
口を開けて待っていたら、ミーリアは白い頬を朱色に染めつつ眉を寄せた。
――君はきっと、こういうのも好きだろう。
予想どおり、彼女は文句も言わずにフォークに刺したリンゴを口元に掲げてくれた。
「じゃあ、どうぞ」
「……ん」
甘酸っぱいリンゴを食べさせてもらう。
もぐもぐと咀嚼しながら、赤面をぷいと背けてしまうミーリアを見つめ続ける。
――ミーリアは本当に変わらない。かわいくて、とても美しい。
透き通るような銀色の髪と、色白の肌。大きな瞳はラピスラズリを思わせる。
繊細な顔立ちは人目を惹いてやまず、すぐに照れて肌が赤くなるのは愛らしい。
きっと、どれだけ見ても飽きないだろう。
――それに、ずいぶん顔に出るようになった。
再会したばかりの頃は、フラヴィアの意のままに動くだけの人形みたいだった。
でも今は笑うようになり、アレクシスとの会話も楽しそうだ。
――お蔭で、こっちも思い出してきた……『こういう感じ』だったな。
ミーリアといると胸が温かくなって、いとおしさがこみ上げる。

誰か一人を喜ばすことだけを考え、そのたびに心が揺れ動く感覚は懐かしい。

——まぁ、自分のことはどうでもいい。彼女さえ幸せなら、何だっていいんだ。

これからもっと幸せにするつもりだけどな、と心の中で呟き、またリンゴを食べさせてもらった。

◆

アレクシスが目を覚ました翌日、王都の教会に婚姻証明書を提出した。

挙式は日を改めて行なうことになり、ルドラド王国からも形式的なものではあったが祝いの品と書簡が届いた。

アレクシスも動けるほど回復したため、その日のうちにミーリアはノルディス家の屋敷へ引っ越した。

「ようこそ、私の屋敷へ。君の部屋はこっちだ」

案内された部屋は二階の奥まったところにあり、隣はアレクシスの部屋だった。

すでに私物が運びこまれていて、壁の書棚には本が詰まっている。

ミーリアは内装を確認するふりをしながら天蓋《てんがい》付きのベッドを盗み見た。今まで使っていたベッドよりも一回り大きい。

——これからは、ここで彼と眠る夜もあるのかしら。

夢の中では一緒にベッドで眠ったこともあるが、今生では初めてだから、考えただけでも動悸がしそうだ。

平静を装っていたら、アレクシスに手を引かれた。

「ミーリア、一つ頼みがある」

「なんです？」

「敬語をやめてくれないか。普通に話してほしい」

この国で出会った時、彼は公爵で、ミーリアは王妃の侍女だった。

以来、敬語が定着していたが、夫婦になるのだからと請われてミーリアは了承する。

「分かったわ。呼び方はどうすればいいの？」

「アレクシス、でいい」

アレクシスの手が伸びてきてよしよしと頭を撫でられた。

——こうやって撫でられるのは好き。肩の力が抜けるし、安心する。

目線を下に向けながらほっと一息つくと、顎を持ち上げられた。そのままキスをされそうになったので、つい反射的に手で遮ってしまう。

「手が邪魔なんだが」

「ご、ごめんなさい。驚いて、つい……」

「驚かないでくれ。これからは、いつでも、どこでも、君にキスをする」

「いつでも、どこでも？」

「ああ。私たちは新婚夫婦だからな」

アレクシスが目を逸らししつつ棒読みで言った。

ミーリアは心の中で「新婚夫婦」と唱えてから、高鳴る胸に手を当てる。

――この前、読んだ小説に出てきたわ。新婚夫婦の生活は甘ったるくて、幸せなものだって……わたしたちも、その新婚夫婦なのね。

結婚式を邪魔されて初夜も迎えていないので、いまいち実感がないけれど。

「……そうね。いつでも、どこでも、キスをしましょう。新婚夫婦だもの」

「ああ、うん。……じゃあ、目を閉じて」

アレクシスが前屈みになって優しく口づけてくる。

「ん……んっ」

「……は……」

後頭部をそっと押さえられて口内に舌がぬるりと入ってきた。

何度かキスはしていたが、舌を入れられたのは初めてだったので固まってしまう。

彼女の反応を薄目で窺いながら、アレクシスはもっとキスを深くする。

「ふ……っ……アレクシス……」

「ミーリア……ミーリア」

ただ唇を触れ合わせるだけでも緊張するのに、舌で口内をまさぐられたらおかしな気分になってくる。

口の中をねっとりと舐め上げたアレクシスが、今度は舌を搦《から》めとっていった。

そうかと思えば、キスのやり方を教えるように唇をもぐもぐと動かす。

「は……はっ……」

甘く濃密で、淫らな口づけ。ミーリアは息をするだけで一苦労だった。

――ちゃんと、息を吸って……彼に、応えないと。

息も絶え絶えになりながら背伸びをして、アレクシスの首に抱きつく。

ぶら下がるようにしてキスを受け入れていたら、アレクシスがゆっくりと唇を離し、肩で息をするミーリアの頬を撫でた。

「君の顔、リンゴみたいだ」

「丸いってこと？」

「いや、赤いってこと。リンゴみたいに」

掠れた低い声で囁かれて、手のひらでうなじを撫でられた。

「そのせいか。齧《かじ》りたくなる」

「……わたしを齧っても、リンゴみたいにはおいしくないわ」

豪快にリンゴを齧るアレクシスの姿を想像してボソリと言うと、彼は「どうかな」と囁いて、いきなりミーリアを抱き上げる。

そのままベッドへ運び、横たえてすぐ覆いかぶさってきた。

「あ……」

かすかに漏らした声ごとキスで唇を塞がれる。

アレクシスは身じろぎをするミーリアを組み伏せて、遠慮なく口唇を甘噛みしてきた。

もじもじと腰を浮かそうとするが、のしかかられて動けなくなる。

「ふ……う、っ……」

「これで君は動けない」

彼は身じろぎをするミーリアの顔の両側に肘を突き、それ以上は動けないよう固定してしてから、口の片端を持ち上げた。

「たくさん齧れるな」

普段の涼しげな顔つきとは種類の違う、意地の悪い笑顔。今日はまじまじと見る余裕があった。

——前も見たことのある、意地悪そうな顔……見間違いじゃなかったのね。

時たま微笑する印象はあれども、こんなふうに笑うなんて意外だと見惚れていたら、アレクシスがまた唇に吸いついてきた。

そこからは彼の独壇場だ。半開きになった口の中を犯され、ぬるぬると舌全体をこすりつけられるので呼吸が荒くなった。

乱れた吐息すらも口づけに食われるから、心臓の音まで速くなっていく。

──こんなキス……したこと、ない。

アレクシスの大きな背中に縋《すが》りついて記憶を探ってみた。

日常の合間で、戯れみたいに掠め取られる拙い口づけは覚えているが、こんなふうに何もかも奪われるようなキスは知らない。

ただ忘れているだけなのか、本当にしたことがなかったのか……またしても唇を優しく齧られたせいで思考が霧散する。

みだりがましく口内を犯されて、お腹の奥がじんと熱くなった。

「は、っ……は……アレクシス、さま……」

「アレクシス、だ。様はいらないから」

「……そうだったわ……アレクシス」

呼び直して自分からぎゅっと抱きつくと、彼が耳元に口を寄せてくる。

「ミーリアは、かわいいな」

身震いするほど低音で、今までいちばん甘い囁きだった。

背筋がぞくぞくして吐息を零したら、アレクシスの手が胸元を撫でていく。

背中にあるドレスのボタンを外されて、シュミーズごと引き下ろされたので、白い乳房がまろび出た。

「あっ、ちょっと……」

胸元を隠そうとした両手首をがっちりと摑まれて、ぐぐと押し戻される。

羞恥で真っ赤になるミーリアをよそに、アレクシスは舐めるように乳房を見つめた。

「なんだか、おいしそうだ」

「食べ物じゃ、ないわ」

「分かっている。肌が白くて、きれいだ」

「……それは、どうも……ありがとう」

「ああ。ところで触ってもいいか？」

彼は真剣な顔でねだりながら、ミーリアの細い手首を頭上で一まとめにした。

ついでに足の間に身体を割りこませてきたから、たちまち動けなくなる。

「こ、このくらいで、やめましょう。あなたも怪我したばかりだし、休んで……」

「あとで休むから、もう少し続けたい」

「……あなたが、こんなに強引だなんて知らなかった」

今までは紳士的だったのにと思いきって文句をぶつけたら、アレクシスが真顔で首を傾げた。

「私は前からこうだが」

「そんなことは……」

いや、待てよ。確かにそのとおりかと、ミーリアは言葉を呑みこむ。

展望台から飛び降りた時も、膝枕をされた時も、こちらの言い分を聞かない強引な態度だった気がする。

「ミーリアは、私を紳士的だと思っていたのか」

「……だって、こんなふうに触れられたことがなかったし、あなたも態度に出さなかったでしょう。不思議だなって思うことは、たくさんあったけれど」

もごもごと吐露すれば、アレクシスが口角を上げる。

よほど機嫌がいいのか今日の彼はよく笑う。

「やっぱり、ミーリアはかわいいな」

「……今の話で、どこがかわいいと思ったの？」

「私の下心も、そのために私が何をしてきたのかも、気づいていないところが」

目をパチパチさせていたら、アレクシスが笑みを消して前のめりになり、乳房の頂に口づけた。

「あっ……」

「しっかりしているようで、夢見がちなところも、近ごろはどんどん表情が明るくなってきたところも」

「っ、ん……そこで、しゃべらないで」

彼がツンと尖った桃色の先端に吐息を吹きかけて、ちゅうっと吸いつく。

「あぁ……う……」

「全部、かわいい」

頬を紅潮させたアレクシスが熱い吐息交じりに囁く。

淫らな悪戯にいちいち反応してしまうのが恥ずかしくて、眉根を寄せて睨んだら、すぐさまキスをされた。

「ふっ、ん……」

「そう睨まないでくれ」

「……睨んでないわ」

「嘘つきだな。意地悪したくなる」

「それは、やめて……心臓がもたないの」

情けない声で制止すると、柔らかい声で受け答えしていたアレクシスが動きを止めた。

「……なるほど。こんな感じなのか」

「何が？」

「新婚夫婦。甘ったるくて幸せなもの」

彼は独り言のように呟き、ミーリアの拘束を解いてぎゅっと抱きしめる。

大柄なアレクシスに抱きこまれると身動きもできず、そのまま頬ずりをされた。

「……しかし……思ったよりもいいな、新婚……もっと早く……」

耳元でぶつぶつと何かが聞こえるが、ミーリアは抵抗する気力もなく遠い目をした。

途中からペースを乱されっぱなしで色々どうでもよくなってきた。

——ああ、でも……彼との触れ合いって、こんな感じだった気もする。

イヴァンにもよくこうして抱きしめられて頬ずりをされた。文句を言っても聞いてもらえなかったのだ。

アレクシスの手が乳房に添えられた。太腿に硬いものが押しつけられて、唇をねっとりと舐《ねぶ》られる。

——このまま最後までされてしまうかもしれない。

ミーリアは四肢の力を抜く。すでに手続き上は夫婦になっていて、部屋を別にしようと提案したのは彼の体調を思ってのことだ。

——こんなことができるくらいだし、ずいぶん元気になったみたい。こんなに求められるのなら、わたしが抵抗する意味もない。

覚悟を決めて大きな背に腕を回したが、アレクシスはそれ以上、行為を進めようとはしなかった。

「もう少しだけ、君に触れていたい」

掠れた声で囁きながら口づけて、慰撫するように胸を撫でていく。

もどかしさから肌が火照って仕方なかったが、ただ触れ合うだけの行為が心地よくもあり、ミーリアは甘いキスに応えた。

――なんだか、ふわふわする。さっき彼が言っていたのは、こういう感じのことなのかしら。幸せで、甘ったるくて……これが新婚生活なのね。

おずおずと抱きついてみると額にもキスをされる。

それだけで胸が温かくなって、今まさにこの瞬間、自分は幸せを感じているのだとミーリアは思った。


その日から、ノルディス家での生活が始まった。

屋敷の管理は執事のディールがこなしていて、ミーリアはやり方を少しずつ習い、合間に読書や授業の準備をして過ごした。

アレクシスも寝室で療養していたが、時折ふらりと姿を消すことがあった。

気づくと戻ってきているので、どこへ行っていたのかと尋ねると「城へ。所用があった」とだけ返ってくる。

不思議なことは他にもあった。

アレクシスは貴族の義務である政策議会に出席せず、社交場にも赴かない。

幼少期の宴席での経験から、そういった場が苦手なミーリアはありがたくもあったが、彼は公爵である。

貴族らしからぬふるまいに疑問を抱き、一度だけ訊いたことがあった。

「アレクシスは社交場に出ないのね。あなたと結婚したら、貴族と交流を深めたりする必要があると、覚悟はしていたのだけれど……」

「そういう場所へ行きたいのか？」

「……正直、進んで行きたいわけではないわ。あまり得意ではないから」

「だったら気にしなくていい。私もやるべきことはしている。君は何も心配せず、ここで穏やかに暮らしてくれ」

彼がそう言うのならば、とミーリアは口を噤《つぐ》んだ。

実際、新生活は平穏だった。使用人も親切な者ばかりで、年の近いメイドたちとは会話も弾む。

一方、アレクシスは屋敷でも浮いていた。

すれ違いざまに一礼するメイドはいつも緊張していて、執事も必要事項を一方的に報告するだけで、アレクシスが誰かと会話しているのを見たことがない。

——彼は屋敷の使用人からも距離を置かれているのね。

アレクシスは変わっているけれども優しいし、高圧的な物言いもしない。

むやみやたらに魔法を使うことはなく、人を傷つけたりもしない。

とにかく不思議で仕方がなかったが、同様の違和感を抱いたのはミーリアだけではなかったらしい。

「ねぇ、ミーリア。みんなどうして、アレクシスを怖がっているんだろう」

ゴルド文字の授業中、王太子ゲルガーにそう尋ねられた。

ゲルガーはウルティム王に似て、金髪碧眼の少年だ。性格はまじめで勉強熱心。年相応に好奇心旺盛だが、人とは違う魔力を持っていることを引け目に感じていて、やや人見知りの気があった。

ただ一度心を開くと、とことん懐く。

魔力があっても偏見なく接するミーリアに対しても、今は気を許してくれていた。

「みんなが怖がっている、と……ゲルガー殿下にはそう見えるのですか？」

「うん。この間、アレクシスが魔法の授業をしてくれたあとで、見に来ていたユルゲンが公爵に声をかけるのをためらっていたんだ」

ミーリアと婚約してから、アレクシスは魔法の指南役を請けた。

その授業を宰相のユルゲンが見学しにくることもあるのだろう。

魔導書を解読していたゲルガーが手を止めて、羽ペンをくるりと回した。

「緊張していたのかな。ちょっと腰が引けているみたいな感じでね。他の人たちも観察してみたんだけど、同じような反応をするんだ」

「よく見ていらっしゃるんですね」

「まぁね。国王になるためには人を見る目を養えって、ユルゲンに言われてるからさ」

ゲルガーは得意げに言ったが、考えこむように顎へと手を添える。

「もしかしてアレクシスが魔導士だから、みんな怖がっているとか？」

「……ハッキリそうだとは言えませんが、理由の一つかもしれませんね」

「じゃあ、いずれ僕もそんなふうに思われるようになるのか。今はまだ、アレクシスに魔法を習っている最中だし、僕が若いからみんな優しいけどね」

それまで明るかったゲルガーの表情にふっと影が差す。

「殿下……」

「ミーリア。僕はアレクシスが好きだよ。話をちゃんと聞いてくれて、一つ一つ丁寧に教えてくれる。ぶっきらぼうだけど、実際に話してみたら全然怖くなかった」

「ええ。よく分かります」

「魔力があるだけで怖がられるのは嫌なものだよ。アレクシスのことも、みんなきっと勘違いしているんだ。僕らはただ、人と違った力があるだけなのにね」

魔力を持つだけでも色眼鏡で見られるのに、ゲルガーは早くに実母を亡くし、政務で忙しい父には構ってもらえていない。

義理の母であるフラヴィアも苦手らしく、関係がぎくしゃくしていた。

理解や愛情を欲して、同じように魔力を持っているアレクシスに共感する。

ミーリアも孤独を抱えて育ったから、ゲルガーの気持ちは理解できた。

「ゲルガー殿下。もしよければ今度、アレクシス……彼とわたしを交えて、ゆっくりお話をしませんか？　その時に、魔導士についての考え方も訊いてみましょう」

「いいね、そうしよう！　……なんだか話したら元気になってきたな。よし、勉強するぞ」

切り替えて勉強を再開する王太子を、ミーリアは穏やかな表情で見守ったが――。

「そうだ、ミーリア。もう一つ訊いていいかな」

「なんでしょうか」

「いったい、どんなふうにアレクシスに口説かれたんだい？」

不意打ちの質問に、ミーリアは一瞬息が止まった。

「……ゲルガー殿下。どうして、そんなことを訊かれるのですか？」

「ぶっきらぼうなアレクシスがどうやって口説いたのか気になるんだ。ミーリアは美しい女性だから、容姿を褒められた？　それとも大好きって言われた？」

ゲルガーが手を止めて興味津々な視線をよこした。

「そういう知識はいずれ役に立つかもしれないからね。知りたいんだ」

「その知的好奇心は、勉強に向けてください」

「なんだ、教えてくれないのか。ミーリアは教師のくせに、ずるいな」

「ずるくありません。もし、わたしがマナー教師だったら叱りつけていますよ。女性にそんなことを訊いてはいけません」

王太子の額をコツンと小突いたら、ゲルガーはきょとんとしてから「えへへ」と嬉しそうに笑った。

「僕の額を小突くなんて、そんなことするのはミーリアくらいだよ」

「あ、申し訳ありません。ご無礼な真似を」

「ううん、いいんだ。ミーリアは義母上の異母妹だろう。一応、義理の叔母って立ち位置になるし……どちらかというと、姉みたいな感じがするけどね。遠慮なく接してくれるのは嬉しいよ。僕は親しい人もあまりいないからさ」

と、そこでゲルガーが腕組みをする。

「遠慮がないのは、アレクシスもそうだな。僕の魔法が下手だとか平然と言うんだ。まぁ、手加減せずに言ってくれるところがいいんだけどね。……たまに腹が立つけど」

王太子がボソッと付け足した時、コンコンとノックの音がして、話題の渦中のアレクシスが入ってくる。

「お、アレクシスだ！　ごきげんよう！」

「……ごきげんよう。ゲルガー殿下」

「まだ魔法の授業の時間じゃないのに、来るのが早いんだね」

「今日はミーリアと出仕しましたので、用事を済ませてから様子を見に来ました」

「どうせ僕じゃなくて、ミーリアの様子を見に来たんだろう。……ま、いいや。アレクシスもゴルド文字が読めるよね。一緒に教えてくれよ」

立ち上がったゲルガーがアレクシスの手をとり、ぐいぐいと机まで引きずってくる。

アレクシスもさすがに王太子相手では無下にできないようで、座っているミーリアの後ろから教材を覗きこむ。

「ここって、どう訳すの？」

「この文法を使います。魔法陣の説明文でよく出てきますので、覚えておいたほうがいいでしょうね」

王太子を指導していたらアレクシスの手が腰に添えられた。

やたらと距離が近い上、するりと撫でられたから、ミーリアは目を細めて彼を窺う。

するとゲルガーも目ざとく気づいたのだろう。

「アレクシス。ミーリアは僕と勉強しているんだ。気が散るような真似はやめてくれよ」

「分かっています。勉強に集中してください」

アレクシスは澄まし顔で答えて、授業が終わるまでミーリアの背後に陣取っていた。

ゴルド文字の授業後、魔法の授業をするために城の東にある訓練場へ移動した。

魔法陣を描くには広さが必要だから、訓練場の一角で授業をするらしい。

ミーリアも見学することにしてアレクシスと王太子についていく。

訓練中の騎士を横目に、アレクシスが木炭で魔法陣を描き始めるのを、ゲルガーは目をキラキラさせて眺めていた。

「先日の復習です、殿下。魔法陣の役割は分かりますか」

「詠唱と同じで、魔法の補助をするもの。それがなくても魔法自体は使える」

「はい。詠唱や魔法陣があれば魔法が安定します。不慣れな場合は、用いるのが安全でしょう。ただし、魔法陣が必須の場合もあります」

「強力な魔法を使う時だね。昔は、魔導士の血を使って描くこともあったって魔導書で読んだけど」

「血を使うと、より強力な魔法を使えますからね。しかし、そのぶん制約がつきます。魔法を解呪する際、魔法陣を描いた魔導士の血が必要となるので」

ミーリアは二人の後ろで授業を聞きながら感心した。

アレクシスの説明は分かりやすく、丁寧だ。ゲルガーもお手製のノートにメモを取りつつ、うんうんと頷いている。

「強力な魔法ほど、魔力の相性も重要です。殿下もどの魔法と相性がいいのか、実践で試してください。ひとまず、同じ魔法陣を描いてもらえますか」

「分かった」

アレクシスの魔法陣をお手本に、ゲルガーがたどたどしい手つきで描き始めた。

まもなく、お手本よりも少し歪んだ魔法陣が出来上がる。

「できたよ！　アレクシス、これでどうかな」

「下手ですね」

「お世辞でもいいから褒めてくれよ」

「……よく描けています。簡単な浮遊魔法なので、詠唱を間違えなければ、魔法陣が下手でも問題はありません。さぁ、そこに立って詠唱してください」

「また下手って言ったな……」

ゲルガーが文句を言いながら魔法陣の中央に立ち、詠唱を始めると、魔法陣が白く光り出した。周りで見ていた騎士たちからどよめきが起きる。

見守るアレクシスの後ろで、ミーリアも白い光に目を奪われた時、視界の端に黒いものが飛びこんでくる。

──あれは、カラス？

唐突に現れたカラスが魔法陣の端に着地した。その足元から水たまりのような赤黒い染みが広がり、魔法陣の光が禍々しい赤色に変貌していく。

いち早く異変を察知したアレクシスが叫んだ。

「詠唱をやめてください！」

「──え？」

ゲルガーが詠唱を中断し、舌打ちをしたアレクシスが魔法陣の中へ飛びこんでいく。

カラスが羽ばたき、あっという間に飛び去って──次の瞬間、ドンッという轟音《ごうおん》とともに爆風が波紋のごとく広がった。

「っ!?」

ミーリアは衝撃で後ずさり、その場に立っていられずに尻餅を突く。

目を開けていられないほどの強風が砂を巻き上げ、あたりには土煙がもうもうと立ちこめて視界が遮られた。

「アレクシス……ゲルガー殿下……ッ！」

震える足を叱咤《しった》して立ち上がり、ミーリアは魔法陣があるほうへ駆け出す。

土煙の向こうに薄れゆく赤い光が見えた。石畳が大きく抉《えぐ》れて、魔法陣の中央に傷だらけのアレクシスが蹲っている。

その光景を見た瞬間、心臓がドクンと脈打った。

――光が消えていく魔法陣……その中央で、蹲っている彼……なんだか、どこかで見たような……？

明瞭な映像は思い出せないのに、怖くて足がすくんでしまいそうになる。

だが、ミーリアは自分を鼓舞して声を張り上げた。

「アレクシス……！」

「来るな、ミーリア。危ないから魔法陣に入らないでくれ」

冷静に制止したアレクシスの腕の中にはゲルガーがいた。気絶しており、顔色は悪いけれど怪我はないようだ。

「魔力が暴発したんだ。制御に慣れていない場合に起こることだ」

アレクシスがゲルガーを右腕で支えて、空いた左手で魔法陣の線をなぞる。

線は木炭で描かれたはずなのに、今は血みたいな赤色になっていた。

彼はしばし無言で魔法陣を見ていたが、ミーリアが立ちすくんでいることに気づいて、安心させるように頷く。

「王太子は魔力を消費して眠っているだけだ。私もすり傷程度だから、心配いらない」

「…………」

「ミーリア？　……なんで泣いているんだ」

指摘されて初めて、自分が泣いていると気づいた。

ミーリアは慌てて手の甲で拭いとり「なんでもない」と震える声で応じる。

アレクシスが何か言いたげに口を開くが、あたりに立ちこめた土煙が収まったことで、騎士たちがわらわらと寄ってきた。

「殿下！　ご無事ですか!?」

「先ほどの衝撃は、いったい何ごとですか！」

魔法陣の外へ出たアレクシスが駆け寄った騎士にゲルガーを預ける。

医務室へ運ぶよう短く命じて、彼がこちらに近づいてきたので、ミーリアは何もなかったふりをして話しかけた。

「アレクシス。あなたの傷は……」

台詞の途中で腕を引かれて、訓練場の隅まで連れて行かれる。

「なんで泣いていたんだ」

「それは……あなたと殿下が無事で、安心したから」

「本当か？」

「ええ。ほっとしたら、涙が出てきたの」

「そうか。それならいい」

抱き寄せられて背中をさすられたので、ミアはまた泣きそうになった。

——二人が無事で安心したのは本当のこと。でも、さっきは腰が引けて、そのあと自然に涙が溢れてきた……もしかしたら、前世で似たような経験をしたのかしら。

思い出せないのが歯がゆくて仕方ない。

そんな想いを払拭するようにアレクシスの背に腕を回した時、ふと違和感を抱く。

「アレクシス、傷はもう平気なの？」

「平気だ。もう治った」

——また治癒魔法を使ったのね。

ミーリアは眉根を寄せると、両手で彼の頬を挟んだ。目をぱちくりさせるアレクシスの全身をチェックしていく。顔はもちろん身体のどこにも傷がない。

「本当に傷がないわ。……ああ、よかった」

胸を撫で下ろすミーリアを見下ろして、アレクシスがことりと首を傾けた。

「心配いらない。私は死なないから」

「そうね。今更だけど、アレクシスってすごい魔導士なのね。殿下の魔力が暴走したのも、あなたが止めたんでしょう？」

本当にすごいと感嘆したら、彼は首を傾げたままミーリアを凝視したあと、ふと子供みたいに笑った。

「——ああ、ありがとう。ミーリアに褒めてもらえて嬉しい」

第三章　初めての夜を過ごそう

訓練場での失敗から十分後、ゲルガーが目を覚ました。

魔力の暴走により著しく体力を消耗していたが、アレクシスが介入したことで怪我はなく、ゆっくり療養すれば問題ないとのことだった。

ミーリアはアレクシスと共に、部屋で休んでいるゲルガーのもとを訪ねた。

「ごめん、二人とも。僕が魔力の制御に失敗したせいで、心配をかけたね」

「とんでもありません。ご無事でなによりです」

「うん。アレクシスも助けてくれて、ありがとう」

「いえ、私が注意するべきでした。不測の事態で対応が遅れました」

アレクシスのそっけない返答を聞き、ゲルガーが苦笑する。

「それって、あんな簡単な魔法を失敗すると思わなかった、って言いたいのかい？」

「それもあります」

「……アレクシスって、僕が相手でもずけずけと言うよね」

「申し訳ありません、殿下。彼も悪気はないと思うんですけれど」

「ミーリアが謝ることじゃないよ」

「なんで君が謝るんだ」

ゲルガーとアレクシスの言葉が重なり、二人同時に目をパチリとさせた。

息の合ったやり取りに思わず微笑んだら、ゲルガーが「わぁ」と声を上げた。

「ミーリアが微笑んだのを初めて見たよ。笑うと、いちだんと美しいんだね」

「――殿下は元気そうだ。あとは休んでいただこう。行こう、ミーリア」

「あ、ええ。ゆっくりお休みください、殿下。また授業で……！」

「うん、またね。ミーリア、アレクシス」

それ以上はミーリアの笑顔を見せたくないとばかりに、アレクシスがさっさと彼女を部屋から連れ出しても、ゲルガーは気にせず笑って手を振っていた。

廊下を歩きながら、ミーリアは隣にいるアレクシスを横目で窺う。

「さっきの態度、殿下に失礼だったんじゃないかしら」

「別にどうでもいい」

「どうでもいいって、相手は王太子殿下よ。殿下も、あなたに懐いていらっしゃるわ」

「興味がない」

「あんなに丁寧に魔法を教えているのに？」

「君がいたから、私も指南役を請けただけだ。請けたからには、仕事はこなす」

アレクシスは瞠目するミーリアをちらりと見て、淡々と付け加えた。

「私とよく似た境遇だとは思うが」

「魔力があるから？」

「ああ。置かれた立場も複雑で、人から疎まれることが多い」

血筋と魔力のせいでなと独り言のように呟き、彼はそれきり黙ってしまった。

そのあとすぐ、アレクシスは事故の経緯を説明するために国王に呼び出されて、ミーリアもフラヴィアに呼ばれた。

「ゲルガーが暴走して大変だったたんですってね。さっき顔を見に行ったら、あの子は元気そうだったけれど、あなたに怪我はないの？」

フラヴィアがカウチに寝そべり、果物を摘まみながら尋ねてくる。

カウチの横には揺りかごがあって第二王子セドリックがすやすやと眠っていた。

「はい、ありません」

「それはなによりよ。ノルディス公爵が、ゲルガーの授業をしていたんでしょう」

「はい。ですが、彼のお蔭で誰も大怪我はしませんでした」

「ふうん……まぁ、ゲルガーとあなたが無事ならそれでいいわ」

フラヴィアが肘掛けに凭れて「こちらへいらっしゃい」とミーリアを手招く。

ゆっくりと歩み寄ると、たおやかな手が伸びてきてミーリアの肩に触れた。

「結婚式の件だけど、捕まった子は投獄されたわ。ウェディングドレスは弁償するし、また城の礼拝堂が使えるよう調整しているところよ」

「ありがとうございます」

「公爵との結婚生活はどう？」

「つつがなく穏やかです。特に問題もありません」

「あら。わたくしの側にいた時は穏やかじゃなかった？」

「そんなつもりは……」

「別にいいわ、どうでもいいことだもの。わたくしは、あなたを手元に置いておければ何でもよかったから」

フラヴィアが蛇のごとく目を細めた。

「公爵が現れなければ、あなたは今もわたくしのお人形だったはずなのに。まんまと掠め盗られてしまったわ」

——相変わらず、お姉様はわたしを『物』のように言う。

冷たい手でうなじをするりと撫でられたので、ミーリアは後ろに下がる。

一定の距離をとると、フラヴィアが拗ねたように頬杖を突いた。

「ミーリアに距離をとられる日がくるなんて思わなかった。……まぁいいわ。今後、後悔しないといいわね。わたくしではなく、ノルディス公爵を選んだことを」

異母姉の表情が暗くなり、口調が少し硬くなる。

一瞬、皮肉を言われたのかと思ったが、フラヴィアの表情から皮肉めいたものは感じられなかった。むしろ翳《かげ》りを帯びて、ほんのかすかに怒気も滲んでいる。

しかし、フラヴィアはその表情をすぐに消してしまった。

「後悔した時は、わたくしのもとへ帰ってらっしゃい。いつでも歓迎するわ」

「後悔はしないと思います。わたしが自分で選んだことですから」

ミーリアは両手をきつく握りしめてから、深呼吸をして告げる。

「ですが、色々とお気遣いありがとうございます。これまでも、わたしはお姉様に守られてきました。寄る辺のないわたしを世話してくださったことも感謝しています」

「…………」

「今までのようにお側にいることはできませんが、もし今後、わたしで力になれることがあればおっしゃってください」

フラヴィアがどう思っていたにせよ、結果的にミーリアは守られてきた。

それは確かな事実だったから、ミーリアは深々とお辞儀をした。くるりと踵を返したところで呼び止められる。

「待ちなさい、ミーリア。あなた、勘違いしているわ」

「？」

「わたくしはあなたを守っていたわけじゃない。ただ、お気に入りのお人形を側に置いておきたかっただけ。感謝の言葉なんて聞きたくもない」

感情のない声できっぱりと言いきられた。

「勝手に頭を下げられると不愉快だから、二度としないで。……そんなことより、わたくしは訊きたいことがあるの。あなた、もう公爵に抱かれた？」

「っ……それは……」

返答に窮するミーリアを不機嫌そうに睨みつけて、フラヴィアが声をひそめる。

「その様子だと、まだなのかしら。わたくしのせいで結婚式が延期になったものね。でも、きっと時間の問題でしょう」

またもや鋭い目つきで凝視されてたじろぎそうになったけれど、ミーリアは臆するまいと奥歯を噛みしめた。

突き刺さるような視線を受け止めていたら、異母姉が忌々しそうに零す。

「――本当に腹立たしいこと。わたくしのお人形だったはずなのに」

そしてドレスの裾を払って立ち上がると、目を覚ましてぐずるセドリックを腕に抱きかながら冷ややかに言い放った。

「もう行っていいわよ。じゃあね、ミーリア」

ミーリアは一礼すると、蛇の巣穴から逃げるような心地で部屋を後にした。


その日の夜、ミーリアは湯浴みをしてから姿見の前に立った。ピカピカに磨かれた鏡には白いネグリジェを着た自分の姿が映っている。

背中まで伸びた長い銀髪は、フラヴィアがよく好んで梳かしていた。

——お姉様の手を取らなければ、わたしは今ここにはいなかった。お姉様の側にいることで守られてきたのも確かだわ。

望まぬ結婚を強いられて、アレクシスにも会えなかっただろう。

——でも、わたしはもう人形じゃない。お姉様への恩も、侍女として働くことで返してきたつもりだし、これからできることがあればするつもりだった。

フラヴィアとのやり取りを思い出し、ミーリアは重いため息をつく。

——お姉様は嫌なものは嫌だとハッキリ言う。わたしが感謝したことも本気で嫌がっていて、守っていたという感覚も持っていないんだわ。

プライドが高く、自分本位なフラヴィアらしいなと思う。

ただ、今日は他にも気になったことがあった。

『今後、後悔しないといいわね。わたくしではなく、ノルディス公爵を選んだことを』

フラヴィアは、アレクシスとミーリアの結婚に最後まで反対していた。

それもあったから、はじめは嫌味を言われたのかと思った。

――だけど、あの時のお姉様の表情はそういう感じじゃなかったわ。

憂いと怒りを滲ませて、硬い口調には何かに対する恐れが――とにかく嫌味や皮肉とは違う感情が含まれていたのだ。

「うーん、よく分からないわ」

ただでさえフラヴィアの思考は共感できないことばかりだ。

どうせ答えは出ないかとため息をつき、寝る支度をしようとして、ふと纏っているネグリジェに目を落とす。

メイドが用意してくれたシルクのネグリジェは肌触りがよく、襟元は細い紐で結ばれていた。ほどくと胸元が大きく開いてしまう。

もともとミーリアは私物が少なく、身一つで嫁いできたようなものだ。

ルドラド王の庶子ということで、公爵家に入っても問題はないとされたが、持参金もない。ドレスやネグリジェをはじめとする日用品はアレクシスが用意してくれた。

――このネグリジェも用意してもらったものだけど、ちょっと色っぽいのよね。明かりのもとだと透けるし……。

まじまじと観察してから、試しに胸元のリボンをほどいてみる。はらりと襟が開いて、きわどいところまで白い乳房が見えた。

このまま引き下ろされたら、たぶん胸が露出するだろう。

ふと数日前、アレクシスに胸を触られたことを思い出してしまい、妄想を追い払うために首をぶんぶんと横に振った時、ノックの音がした。

返事をする前にドアが開いたので、ミーリアは反射的にその場に屈んだ。はだけたネグリジェの襟を急いでかき合わせる。

「ミーリア」

「っ、アレクシス……できれば返事を聞いてから、ドアを開けて」

「ああ、悪かった」

アレクシスは棒読みで謝りながら近づいてきてミーリアを抱き上げた。そのまま有無を言わさず連れ出され、彼の部屋まで運ばれる。

何ごとかとうろたえている間にベッドに下ろされた。

ベッドの端に腰かけたアレクシスが手を伸ばし、ミーリアの髪を掬《すく》いとって口元へ持っていく。

「ミーリア。今夜から一緒に眠りたい」

直球で誘われて、ミーリアはひゅっと息を呑んだ。

「体調もよくなった。新婚夫婦は一緒に眠るものなんだろう」

アレクシスは細い銀糸のような髪に口づけると、身を乗り出して見つめてきた。

熱っぽい黄金色の双眸に射貫かれて、ミーリアはどぎまぎしながら頷く。

「え、ええ……そうね。一緒に寝ましょう」

アレクシスが目元を緩めて立ち上がり、ミーリアの肩をトンッと押した。

背中からベッドに押し倒されて、覆いかぶさってきた彼で視界がいっぱいになる。

「念のため言っておく。寝るだけじゃない、抱くから」

「……分かってるわ」

アレクシスがミーリアの唇を甘噛みしてから、むくりと起き上がり、寝間着のシャツを豪快に脱ぎ捨てた。

細身なのに腹筋が割れていて、思いのほか引き締まった身体つきだったから、ミーリアは顔がじわじわと熱くなるのを感じた。

アレクシスはシャツを脱ぐ際にぼさぼさになった金髪を無造作に払い、ミーリアの視線に気づいて首を傾げた。

「ミーリア、どうした？」

「ちょっと、びっくりした。あなた、男らしいんだなと思って」

「はぁ……いまさら何を言っているんだ」

呆れたようにしかめっ面をして、やれやれと首を振る彼の姿には既視感があった。

この仕草はどこで見たんだっけと記憶を辿っていたら、アレクシスがネグリジェに手をかける。

すでに緩めてあった襟元を引き下ろされて、張りのある乳房に吸いつかれた。

「あ、っ……う……」

「今まで、私は男らしく見えていなかったか」

「……んっ……そういうわけじゃ、なくて」

「じゃあ、男として見ていなかったのか」

「そんなことないわ」

ミーリアは赤らんだ顔を両手で押さえた。

男として見ていなかったどころか、ずっと意識してばかりいる。

身を屈めたアレクシスがじっくりと彼女の反応を観察して、額に口づけていった。

「ミーリアはかわいいな」

「……アレクシス。それ、やめて」

「それ？」

「かわいいって言うの」

前世のイヴァンは素直じゃなくて、かわいいなんて一度たりとも口にしなかった。

横を向きながら「照れるからやめて」と告げるが、アレクシスはかぶりを振る。

「やめない」

「アレクシス」

「私は思ったことを、その場で言う」

「う……」

「君の顔、リンゴみたいだ」

「そんなに赤い？」

「ああ、かわいい。……いや、間違えた。赤い」

わざと間違えたなと、赤面しながら睨んでも威力は半減らしく、アレクシスが口の端を持ち上げた。

また、あの意地の悪そうな笑い方だ。

これは勝てないと悟ったので、ミーリアは潔く説得を諦める。

そこからは緩やかな愛撫が始まった。右の乳房をねっとりと舐められて、唾液に濡れた先端を舌の先でくるくると弄られる。

しきりにそれを繰り返されると下腹部がきゅんと熱くなり、足の間が疼くような感覚に呑まれていった。

ミーリアは熱を孕《はら》んだ吐息を零し、アレクシスの肩に手を添えた。

彼は乳房にしゃぶりつき、空いた乳房を手のひらで揉みしだいている。

蕾のごとく尖った胸の頂を爪でカリカリとこすられて、ぴりりとした痛みが走ったが、すぐに甘い疼きが増した。

「はっ……はぁ……」

少しずつ肌が汗ばんできた。呼吸も乱れてくる。

ミーリアは上で動くアレクシスの肩を撫でて、その手をうなじに滑らせた。首の裏を指で辿り、背中へと下ろしていく。背筋は硬く、肌はすべすべとしていた。

——今日、あんなことがあったのに本当に傷一つないのね。

手のひらであちこち触れていたら、アレクシスがもどかしげに肩を揺らした。しゃぶっていた乳房に悩ましげな吐息を吹きかけながら言う。

「ミーリア。その触り方やめてくれ」

「どうして?」

「堪らなくなる」

薄らと頬を染めたアレクシスがくすぐったがる獣みたいに顔を振ったので、ミーリアは手を止めた。

彼は強引で頑固なところがある。先ほど、やめてくれと言っても聞く耳を持たなかったのがいい例だ。

屋敷へ来た日に押し倒された際もそうで、ミーリアも最後のほうは色々とどうでもよくなってきて、何をされても受け入れていた。

しかしアレクシスとのやり取りに慣れてきた今では、こちらが従順だと一方的にやられっぱなしになるだけだと分かった。

というわけで、ちょっとした反撃を試みる。

「アレクシス。わたしだって、あなたに触れたい」

獣を宥《なだ》めるようにもう一度うなじを撫でてみたら、いきなりその手を掴まれた。

アレクシスはそのまま手首を捻り上げ、強めにベッドに押しつけて口を塞いでくる。

「んっ、はぁ、っ……アレク、シス……」

「……ふ……は……」

口内に舌がねじこまれて、眩暈《めまい》がするほど甘ったるいキスをされた。

ネグリジェ越しに身体をまさぐられながら、息も絶え絶えになるまで口づけを交わしていたら、ゆっくりとアレクシスが起き上がった。

彼はミーリアのネグリジェをすばやく捲り上げると、ドロワーズを下ろしてしまう。

驚いている間に太腿を持たれて爪先からドロワーズが引き抜かれた。

「っ……！」

あっという間に下半身が露わになり、太腿をぐいと押し開かれた。

アレクシスが身体を下にずらして前屈みになったので、ミーリアは何をされるか察して身震いする。

「っ、アレクシス……」

ぬるりと秘部を舐められたので喫驚《きっきょう》し、制止の代わりに甘い声が零れた。

「ひっ……あ、ぁっ……」

あまりにも生々しい感触だったから足を閉じそうになったが、咎めるように内腿を甘く齧られる。

「君がいけないんだ、ミーリア」

「はっ……あ、んっ……」

「あんなことを言って、私に触れるから」

アレクシスが掠れた声で言い、しどけなく開かれたミーリアの足の間に顔を押しつけて、濡れた舌で割れ目をなぞっていく。

「ふ、ぁ……あぁ、あっ……」

「ミーリアは、ここもきれいだ」

感嘆の声を漏らし、彼はぴたりと閉じた花弁を開くように舌を挿しこんだ。

足の付け根にも指を這わされて、ふっくらと膨らみ始めた花芽もくりくりと弄られたが、

その動きは少したどたどしい。

しかし、その拙さが逆にもどかしい刺激となって襲ってくる。

「んっ……アレク、シス……あぁっ……」

「ああ、そうだ……ここが、君の気持ちいいところだった」

たったいま思い出したと言いたげに、アレクシスが息を荒くして呟いた。

開花を知らない蜜口に唾液を塗りつけて、ゆっくりと舌を出し入れさせつつ、人差し指と中指でしきりに秘玉を弄っていく。

「ふ、あぁっ……あ、うぅっ……」

二本の指で充血した突起を押し潰されて、ぐりぐりと前後にこすられた。

それにより眩暈がするほどの快楽に襲われて、ミーリアは華奢な肢体を反らせた。

「はっ、はぁっ……あぁっ……」

静謐な室内にあられもない声が響き渡る。

ミーリアは両手で口を塞いだが、完全に声を殺すことはできなかった。

「んっ、んーっ……んん……はぁ、っ……」

アレクシスの舌が秘められた穴の浅いところを出たり入ったりしている。

とろみのある愛液が泉のごとく湧き出して、彼の動きに合わせてくちゅくちゅと淫靡な音を響かせた。

「あ、あぁ……」

「だいぶ、ほぐれてきた」

蜜口から舌を抜いたアレクシスが、褒めるようにミーリアの内腿に口づける。

ちゅうっと強めに吸いつき、ついでに齧りついて薄い歯型をつけると、舌の代わりに指を陰裂に挿しこんだ。

芯のない舌よりも硬く、節くれだったアレクシスの指がずぶずぶと入っていく。

先ほどまでなかった圧迫感があって、麻痺しかけていた思考が戻ってきた。

「っ、ん……」

「痛いか？」

「……平、気……」

「じゃあ、続ける」

アレクシスが身を乗り出し、半開きになったミーリアの口を甘噛みした。

「アレクシス……そこは……ちょっと、深い……」

「慣れてくれ」

「あ……ん、っ、ん……」

「本番は、もっと深いところまで入る」

秘部に挿しこまれた指が前後にゆるゆると動くたびに、圧迫感は薄れていった。

閉ざされていた蜜路が蕩けてきて、奥へ奥へと指が挿しこまれても受け入れていく。

アレクシスは身をくねらせるミーリアにたえまなくキスをして、長い指で秘裂をほぐしながら囁く。

「もうすぐ、君の中に入れる」

「あ、ぁ……あっ、んん……」

「今度こそ、私と一つになろう」

胸の膨らみを揉みしだかれて、心の底から絞り出すような言葉を耳に吹きこまれた。

その意味を頭で咀嚼する余裕がなく、ミーリアは快感に焼かれて頷く。

「ええ……一つに、なりた……んっ……ふ、う……」

艶めかしい口づけによって言葉尻を攫《さら》われた。

丹念に開かれた蜜口はとろとろと愛液を溢れさせて、あっけなく二本目の指まで呑みこんでしまう。

指で内壁をこすられるのが次第に心地よくなり、ミーリアが快感から逃れようと身もだえるたびにベッドが軋んだ音を立てる。

「あ、っ、はぁ、あぁ……あ、あ……」

ぐりぐりと陰核をこすられて呼吸が小刻みになっていった。

切羽詰まっていくミーリアの声に合わせて、アレクシスも手の動きを速める。

「あ……あっ、あ……アレク、シス……もうっ……」

「ん、分かった」

しとどに濡れた蜜路をぐるりとかき混ぜられて、長い指をぐっと押しこまれた。

一緒に乳房の先端を強めに摘まれて、ぴりりとした疼痛《とうつう》が走ると同時に、大きな熱の塊が弾ける。

「あぁぁっ……！」

ひときわ甘い声が零れて、一瞬で快感の果てへと至った。

全身から汗がぶわりと吹き出し、心臓の鼓動が激しく拍動する。

「ふっ……は……」

すごく気持ちがいい、と思った直後に気だるさに襲われて目を閉じた。

指先まで痺れるほどの余韻に浸り、小さく震えていると、ゆったりと動いていたアレクシスの指が蜜口から抜かれる。

「ミーリア、手を挙げて」

ミーリアは言われたとおりに力の入らない手を挙げた。ぐしゃぐしゃになっているネグリジェを頭から脱がしてもらう。

火照った素肌をさらしてぐったりと横たわったら、太腿を押し開かれる。

蜜液をとろとろと垂らす割れ目を硬いものでこすられて、薄目を開けるとアレクシスの顔が真上にあった。

彼も興奮しているらしく端整な顔は赤らんで、肩を上下に揺らすほど呼吸が荒くなっている。

「この日を、どれだけ待ったか」

アレクシスが掠れきった声で言った。ミーリアの頬を撫でて、その指先を首筋から胸元へと滑らせていく。

「ようやくだ……ようやく、君と一つになれる」

胸元をなぞった指先が下腹部へと下りていった。子宮があるあたりに大きな手のひらを乗せて、まるでいとおしむように撫でる。

ミーリアが彼の手にそっと自分の手を重ねたら、指を搦めて繋がれた。

「ミーリア。大好きだ」

アレクシスが愛を囁きながら腰を動かし、雄芯の先が濡れた秘裂にめりこんだ。

「あっ……」

「……はぁ……ミーリア」

息つく暇もなく蜜洞を抉《こ》じ開けられていく。

破瓜《はか》の疼痛で腰を浮かせそうになったが、アレクシスがずんっと剛直を押し上げたので逃げられなかった。

あっという間に太い逸物を根元まで埋められて、ぴったりと腰がくっつく。隘路《あいろ》の中でどくん、どくんと彼の脈打つ様が感じられた。

――ああ、どうしよう……なんだか泣いてしまいそう。

彼と一つになって、胸にこみ上げたのは泣きたくなるほどの感動だった。

瞳を潤ませながらアレクシスを抱きしめた時、彼が小さく震えていると気づく。

「アレクシス？」

そっと髪を撫でてやると、アレクシスが緩慢に顔を上げた。

その頬にキラキラと光る大粒の涙が伝っていたので、ミーリアは目を丸くする。

「どうしたの？」

「……何が？」

「何がって、泣いているじゃない」

「……泣いてる……私が……？」

アレクシスが自分の頬に触れて、涙に濡れているとようやく気づいたのか、ハッと息を呑んだ。動揺したかのように黄金色の瞳が揺れる。

それきり動かなくなったから、ミーリアは心配になって涙を拭ってやった。

「大丈夫？」

「……ああ、大丈夫」

アレクシスは小声で「なんでもない」と答えると、ミーリアをぎゅっと抱きしめる。

「ミーリア、気持ちいい」

「ええ……わたしも、気持ちいいわ」

「ずっと、こうしていたい」

「うん」

汗ばんだ肌を押しつけて、何度も「気持ちいいね」と囁き合う。

その間もアレクシスの呼吸は荒く、額には玉のような汗が滲んでいた。

もどかしげに腰を震わせつつも、彼は雄芯を挿入したまま動かずにたくさんのキスを降らせてくる。

優しい口づけの雨で、ミーリアもとうとう堪えていた涙が溢れ出したが、せっかくの甘い空気を壊さないようアレクシスの頬に手を添えた。

「ねぇ、アレクシス……動かないの？」

ひとたび身体を繋げたら熱を放つまでは終わらない。

ミーリアの中に埋められた彼の男根も硬く、熱を放出したがって脈打っている。

「動きたい、が……この時が、終わるのが嫌だ」

動いたらすぐ出てしまいそうだからと、消え入りそうな声で囁かれたので、ミーリアは頬に朱を散らしながらアレクシスの頭を撫でた。

「また、すればいいじゃない。わたしたち、夫婦だもの」

「……そうか……もう、夫婦だったな」

「何度でも、できるわ」

「ああ……これから、たくさんしたい」

ミーリアにちゅっとキスをして、アレクシスが腰を揺すり出した。

限界まで硬くなった昂《たか》ぶりでずんずんと奥を突かれる。

「あ、あ、あっ……」

「っ、う……」

指が食いこむほど強く臀部《でんぶ》を摑まれて、何度目かの突き上げの直後、最奥でびゅくびゅくと熱が吐き出された。

「んっ、あぁーっ……」

「……ふっ……」

たっぷりと子種を注がれる感覚に全身がビクンと跳ねたが、のしかかったアレクシスに押さえこまれる。

「……あぁ……あ……」

「は……まだ、出る……」

彼の低く色っぽい呻き声を聞き、ミーリアは感じ入った声を漏らした。

下半身を隙間なく押しつけた状態でゆるゆると揺さぶられ、最後の一滴までたっぷりと注がれる。

「……ふう……」

ミーリアを押し潰すように乗っていたアレクシスが身を起こした。

芯の残る陰茎がずるりと抜け出ていったが、こちらを見下ろす黄金色の目にはまだ欲望が燻《くすぶ》っていたので、ミーリアは息を整えながら両手を持ち上げる。

「アレクシス」

抱きしめてと請うてみるが、アレクシスは肩で息をしつつ、ただじっと見つめてきた。

全身くまなく舐めるように視線で犯されて、ミーリアは両手を引っこめる。

アレクシスの眼差しが焼けるほど熱く、急に恥ずかしくなって足を狭めると、先ほど注がれた白濁液がとろりと溢れる感触があった。

「っ……」

秘孔から溢れたものが臀部のほうへと伝っていく。

思わずビクリと震えたら、アレクシスの視線がミーリアの下半身へと移った。

しばし生々しい痕跡を見つめたあと、彼の表情が暗くなる。黄金色の瞳に熱とは別のものが過ぎった。

それは、ほんのかすかな濁り。

先ほどの初々しく、甘ったるい営みからはかけ離れた、得体の知れない暗さと淀み――。

首の後ろにぞわりと冷たいものを感じたので、ミーリアは咄嗟に彼の名を呼んだ。

「アレクシス」

アレクシスがパチリと目を瞬かせた瞬間、淀みが消える。

不安げに見上げていたら、彼がことりと首を傾げた。

「ミーリア？」

「……あ、ううん……ぎゅって抱きしめて、アレクシス」

「ん、分かった」

アレクシスは何ごともなかったみたいに身を屈めて、腕を搦めるミーリアをきつく抱き返してくれた。

「気持ちよかった。もう一度、君と一つになりたい」

「……うん……でも、まだ慣れていないから、ゆっくりして」

「ああ、もちろん」

アレクシスの手のひらが胸の膨らみに添えられた。尖った頂を弄られて、首筋に幾つもキスマークを散らされる。

ミーリアはくすぐったさに口元を綻ばせ、肌に触れてくる彼の金髪を撫でた。

「ミーリア……ミーリア」

「ん、っ……アレクシス……」

足を開かされて、雄々しい昂ぶりがゆっくりと入ってきた。

まだ疼痛はあったが、アレクシスのずっしりとした重みに吐息を漏らすと、奥をこつんと叩いた男根が前後に動き始める。

はじめは緩やかだった動きが少しずつ速くなっていく。

先刻、注がれた精と蜜液がかき混ぜられてぐちゅん、ぐちゅんと音がした。

「あ、あぁ、あっ」

「……は、っ……ミーリア、ミーリア」

アレクシスが喘ぐミーリアの唇に齧りつき、蕩けそうなほど柔らかい声で囁く。

「君が、大好きだ」

「わたし、も……大好きよ……」

「愛している」

「あ……」

破顔した彼が両手でミーリアの顔を包みこみ、耳の横に口を寄せた。

「ずっと、愛しているんだ……ただ、君だけを」

前世の記憶の中でも、こんな直球の愛の言葉を囁かれたことはない。

鼻の奥がじんと熱くなり、彼の首を抱き寄せてキスをしたら、息を荒げたアレクシスが動きを激しくした。

ゆっくりしてほしいと言っておいたはずなのに、柔らかいマットレスに強く押しつけられて、ひたすら雄芯を打ちこまれる。

「あんっ、あ、ふっ、あ……」

「はぁ……ミーリアッ……」

混じり合った体液によって淫靡な水音が響き渡り、パンッ、パンッと肌がぶつかり合った。視界がたえまなく上下に揺れて、ベッドが軋んでいる。

ミーリアは艶っぽく喘いで、揺れるアレクシスの腰に足を搦めた。

ベッドの上で睦み合い、愛と欲に任せて情を交わしていると、まるでこの世に二人きりになってしまったかのようだ。

「はっ、んっ、あぁ……」

「愛している、ミーリア」

わたしも、と紡ごうとしたところを濃厚なキスで遮られた。

口の中をくちゅくちゅと舌で犯されて、その合間に雄々しい逸物で突き上げられる。

真っ向から愛情をぶつけられて、あまりの濃密さにミーリアは眩暈を覚えた。

——こんなに情熱的だったのね。

ちょっと変わっていて強引だけど、包み隠さず好意を伝えてくれる人。

彼がこれほど情熱的に愛を注いでくれるなんて知らなかった。

──あれ、でもアレクシスはイヴァンなのよね。イヴァンは情熱的というより、もっと素直じゃなくて、不器用で……。

頭の片隅に小さな違和感が過ぎった。

しかし、乳房を揉みしだかれて分からなくなる。

「ミーリア……出して、いいか？」

「はっ……うん……きてっ……あぁっ、あ、あ……」

両足の太腿を持ち上げられて、繋がった部分をさらけ出す格好になる。

荒々しく雄芯を出し入れされながらミーリアは法悦の彼方へ押し上げられた。

前のめりになったアレクシスが呻き、蜜壺にびゅくびゅくと二度目の吐精をしているのを遠ざかる意識の中で感じた。

◆

静謐な宵闇の中で、アレクシスは恋人の髪を指に搦めていた。

透き通るような銀髪が指をすり抜けていき、再び指にくるくると搦める。かれこれ数十分ほどそれを繰り返していた。

最愛の恋人……ミーリアはアレクシスの腕枕ですやすやと寝ている。

つい感極まって加減ができなかったので、ずいぶん疲れさせてしまったらしい。

──幸せそうに眠っている。

アレクシスは無表情で手を動かし、またミーリアの髪を指に搦みつけた。美しい髪は摑むことのできない砂みたいにさらさらと流れ落ちていく。

──私も幸せだった。抱いたあとの感覚も、すごくよかった。

奥に注いでやったものを足の間から溢れさせて、恥ずかしがる姿を見た瞬間、胸の奥底をほの暗い感情が過ぎった。

純真できれいなミーリアを自分のものにして、もっとぐちゃぐちゃに汚してやりたいという汚れた欲求だ。

そして、もう他の誰にも渡さないという歪みきった執心。

──だって、ようやく手に入れたんだ。身も心も、すべて私のものになった。

「ん……うーん……」

小さく唸って寝返りを打ち、離れそうになるミーリアを自分のもとへ抱き寄せる。

しっかりと抱え直し、また腕枕をしてやっても起きる気配がない。

「ああ、だけど……まだ満たされない」

この程度では到底、足りないのだ。

抱き合う心地よさを知ってしまったから、きっと歯止めが利かなくなっていく。

もっと欲しい。

もっと抱きたい。

誰にも邪魔されないところで延々と睦み合って、世界で二人きりになったかのような感覚を味わっていたい。

ミーリアの頭を撫でて夜の闇を眺めていたら、窓からコンコンと音がした。

アレクシスが指を振ると、ひとりでに窓が開く。小さな隙間から黒い蝶が入って、こちらへひらひらと飛んできた。

黒い蝶はアレクシスの使い魔だ。自分の魔力を分け与えて造ったもので、アレクシスが命じれば人間や、その他の姿をとることができる。

自我もあるが人間的な感情はない。アレクシスの命令だけを忠実にこなす。

蝶が指にとまり、羽を休ませながらひそひそと報告した。

「――あの女、余計なことをミーリアに言ったな……いい、どうせ悪あがきだ。私のものに手を出す勇気もない。だが念のため、監視を続けろ」

アレクシスの言葉に頷くように羽を動かして、蝶が飛び立った。

窓の隙間から出ていくのを確認すると、指を振って施錠する。使い魔以外のものが外部から入ってこないための結界も張っておいた。

ふうと一息ついたところで、ミーリアが目を覚ます。

「ふわぁ……」

愛らしい欠伸をした彼女が眠たげに瞼をこすって、隣で寝そべるアレクシスと目が合うとくっついてきた。

「アレクシス、温かいわ」

「寒かったか」

「ううん。ただ、こんなふうに誰かとくっついて寝たのは久しぶりだから、温かくて心地いいなと思って」

「久しぶりって、前は誰とくっついて寝たんだ？」

欠伸を連発するミーリアの髪にぐりぐりと頬ずりすると、彼女が苦笑した。

「亡くなったお母様よ。よく添い寝してくれたの」

「母親ならいい。他には？」

「いないわ」

「それならよかった」

「もしいたら、どうしていたの？」

ミーリアが瑠璃色の瞳をパッチリと開けて見上げてくる。

つぶらな瞳を見つめ返したら、キスをしたい衝動に駆られたが、なし崩しで抱いてしまいそうだったので自制し、少し考えてから答えた。

「密かに消す」

「それって冗談？　それとも本気？」

「本気だが。君に嘘はつかない」

アレクシスはミーリアのほっそりとした手をとり、恭しく甲にキスをした。

――手の甲へのキス。君はこういうのも好きだろう。

心の中で呟くと同時に、ミーリアの頬が赤く染まって目線がうろうろと泳ぐ。

期待を裏切らない反応だったので、つい心の声が口に出た。

「面白いな、ミーリアは」

「……わたしのこと、からかっているでしょう」

からかってはいないが、ミーリアの反応を見るのは好きだ。

はじめの頃、うろたえているのに必死に平静を装っていたり、胸のときめきを抑えきれずに赤面するのが愛らしかった。

最近はだいぶ表情が分かりやすくなり、アレクシスの言動にも慣れてきたのかやり返されることもあるが、諦めとともに身を委ねてくれるので楽しい。

ただ、あまりに反応がいいと意地の悪いこともしたくなる。

無意識に口角を持ち上げると、ミーリアがムッと眉間に皺を寄せた。

「アレクシス。最近よく、その笑い方をするわね」

「笑い方？　どこか、おかしかったか」

「おかしくはないけど、口の片側を持ち上げてニヤリッて笑うじゃない。それ、意地悪なことを考えているなって伝わってくるの」

――そんな笑い方をしていた自覚はないんだが。

ミーリアの好きそうな紳士的な笑みを心がけていたはずなのに、自然に笑い方が変わっていたということだろうか。

「その笑い方もあなたらしいなって思うけど」

「私らしい？」

「ええ。だって、たまに意地悪でしょう。強引で話を聞いてくれない時もあるし」

ミーリアが説明しながらアレクシスの腕を持ち上げ、ちょうどいい場所に置き直して頭を乗せてきた。彼女もだいぶ遠慮がなくなってきたようだ。

「出会ったばかりの頃、あなたはつかみどころがない雰囲気で……色々と、独特だったでしょう。とにかく不思議な感じがしたの。だけど、今はこういう人なんだなって、前より分かるようになってきた」

「…………」

「わたし自身、アレクシスと出会って変わったと思う。こんなふうに他愛ないおしゃべりをするだけでも楽しいなんて、そんなことさえ忘れていたの」

黙りこむアレクシスの髪を撫でて、ミーリアは蕾が花開いたみたいな笑みを浮かべた。

「だから、あなたに出会えてよかった」

――彼女は変わらないな。

純真でまっすぐで、紡ぐ言葉の一つ一つが鐘のごとく彼の心に響き、人間らしさを思い出させてくれる。

アレクシスは眩しいものを見るように目を細めると、ミーリアを抱きしめていとおしげに頬ずりをした。

「ありがとう、ミーリア」

「わたしの台詞よ。ありがとう、アレクシス」

――そうか、こんな感じだったな。

ミーリアといると、自分はこういう人間だったんだなと分かっていく。

素直な反応を見るたび意地悪をしたくなるのも、もともと自分にはそういうところがあったのだろう。

またキスをしたくなってきたが、アレクシスはぐっと堪えた。

表情豊かになり、溌剌《はつらつ》さを取り戻した彼女を見ながら思う。

――そろそろ頃合いか。名実ともに夫婦となり、公爵領の準備も整ったと知らせが来ていたから。

「ミーリア。私とノルディス公爵家の領地へ行かないか」

「それって、わたしの知りたいことを話してくれるということ？」

「ああ。話す」

ミーリアの顔がぱっと明るくなった。

勢いよく抱きつかれたので、アレクシスはしっかりと受け止める。

――きっと昔の話も訊かれるだろう。ミーリアは記憶が欠けているようだし、自分の身に何が起こったのか知りたいのは当然だ。

ミーリアが望むことなら、何でも叶えてやりたいと思っている。

ただ、彼女の失われた記憶は楽しいものではない。

語って聞かせるのは構わないが、おそらくミーリアは悲しむだろう。

――でも、私が側にいるから大丈夫だ。

昔、ハッピーエンドの物語が好きだと彼女に言われたことがある。

悪者は成敗され、悲しみや苦しみを乗り越えて、最後は登場人物が幸せになる。

本当のハッピーエンドになるためには、その過程が大事なのだと彼女は語っていた。

だから、もしミーリアが悲しい想いをしても側に寄り添って支える。

そのためにアレクシスはここにいるのだから。

◆

アレクシスが手筈を整えてくれて、しばらくノルディス家の領地へ行くことになった。

挨拶のためにゲルガーのもとを訪ねると、寂しそうにこう言われた。

「二人とも、しばらく王都へ戻ってこないのか」

「はい。一ヶ月ほど向こうに滞在する予定です」

「お前たちがいないと、僕の話し相手がいないんだ。だから、ちょっと寂しいね」

訓練場には魔法を失敗した痕跡が今も残っている。

魔法という未知のものへの恐れからか、ゲルガーは他の教師を含めた使用人に少し距離を置かれているようだ。

ミーリアとアレクシスはその場にいたし、ゲルガーに対して偏見がない。

だから気さくにやり取りするが、たぶん二人のほうが少数派なのだろう。

ミーリアは努めて明るい声で切り出した。

「また一ヶ月後に戻ってきますよ。その間、殿下には課題をこなしてもらいます。これはゴルド文字の問題集と魔導書です。魔導書は魔法陣について書かれているものです」

ここ数日で作ったゴルド文字の問題集と魔導書を手渡すと、ゲルガーがわざとらしく口を尖らせる。

「こんなにたくさん課題があるのか。まぁ、僕は自習も得意だから、二人が帰ってくるまでには終わらせておくよ。……それで、アレクシスからの課題は？」

「ありません」

「だめだ。寂しいから課題をくれないか」

ハッキリと「寂しい」と言われたためか、ミーリアの隣にいたアレクシスが眉をぴくりと動かした。

「では、その魔導書で予習してください。殿下は魔法陣を描くのが下手ですから」

「予習の範囲は？」

「全ページです」

「容赦ないね……でも、分かった。予習しておくよ」

文句を言いつつ、ゲルガーは満更でもなさそうな顔で魔導書を捲っていた。

王太子への挨拶を終えたあと、廊下でフラヴィアとすれ違った。

侍女のタフラを連れたフラヴィアは、お辞儀をするミーリアを一瞥《いちべつ》しただけで声をかけず、アレクシスには目もくれなかった。

廊下の向こうへ消えるフラヴィアを見送り、ミーリアはため息をつく。

「お姉様、まだ機嫌が悪そうね。わたしのせいかもしれない」

「気にしなくていい」

アレクシスが冷ややかな口調で言った。

「君はもう王妃の侍女ではないんだ。これからは一定の距離を置くべきだ」

「……ええ、そうね」

姉の機嫌を窺う癖がついてしまっているが、ミーリアは嫁いだ身であり、フラヴィアには感謝の気持ちも伝えた。

アレクシスの忠告どおり、今後は距離を置くべきなのだろう。

「陛下と宰相様にはご挨拶しなくていいかしら」

「ただ領地へ戻るだけだ。いちいち報告は不要だろう」

アレクシスにエスコートされながら城を後にする。すれ違うメイドがちらちら見てきたが、彼といるとよくあることなので、ミーリアは気に留めなかった。

翌日、二人は王都を発った。

ノルディス公爵領はウルティム王国の東部に位置し、馬車に揺られて数日の距離だ。

近づくにつれて山林が増えていき、都市の代わりに小さな村が点在していた。

ミーリアは外の風景を眺めるふりをしつつ、横目でアレクシスを窺う。

馬車に乗っている間、彼は隣にぴったりとくっついて手を握っていた。

肌を重ねてからというものアレクシスとの距離感が近くなり、目が合うたびにキスを掠め取られる。

——確かに以前、いつでも、どこでも、キスをするって言われたけれど。

新婚夫婦なのだから当たり前かと自分を納得させるものの、涼しげな顔で頻繁にキスをされるとさすがに面映ゆい。

ゆえに、極力窓の外を見るようにしていた。

「このあたりには、大きな都市がないのね」

「ああ。昔は都市があったようだが、感染症で人口が激減したらしい」

「ウルティム王国の歴史書で読んだわ。確か、魔法弾圧が起きたあとの出来事よね。各地で感染症がはやって、たくさん人が亡くなったって」

ゲルガーの教師をするにあたり、ウルティム王国の歴史は一通り学んだ。

この国における歴史の転換点というと、やはり二百年前に起きた魔法弾圧だろう。

多くの魔導士が殺されて、盛んだった魔法研究も絶えた。

——わたしは、その時代に生きていたのかしら。

記憶は穴だらけだが、何かしら魔法の研究に関わっていたのは覚えている。

——アレクシスに訊いたら、そのあたりも話してくれるかもしれない。

ふと、彼はどれだけ覚えているのだろうと思った。

イヴァンかどうか確かめたら、前世のことも訊くつもりでいるが、ミーリアと同じような状態という可能性もある。

だが、その時はそれでも構わない。

——前世の記憶は、わたしを支えてくれた大切なものだけど、これから彼と紡いでいく未来も同じくらい大切になるだろうから。

視線に気づいたアレクシスが顔を傾けて、またキスを掠め取っていった。

そんな調子で旅を続け、ノルディス公爵領の屋敷が見えてきた頃、行く手に村人が集まっているのが見えた。どうやら領民らしい。

「君は馬車の中にいてくれ。顔は出さないように」

外を確認したアレクシスがそう言い置いて、先に一人で馬車を降りた。

ミーリアがこっそり窓から様子を窺うと、彼は領民に囲まれている。

「ノルディス公爵様、ようこそお帰りになられました。屋敷の管理人から、今日には着くと聞いて待っておりました。お会いできて光栄です」

「ご結婚されたとお聞きしました。せめてお祝いの言葉だけでもと思いまして」

「なんとまぁ、先代の公爵様とよく似ていらっしゃる」

誰も彼もがアレクシスに尊敬の眼差しを向けて、両手を組んで祈る老人までいた。

アレクシスは握手を求める領民に応えているが、一言もしゃべらない。

領民も気にせず、ひたすら一方的に話しかけるだけで満足げに去っていく。

最後の一人がいなくなるまでその場を動かないアレクシスを見守りつつ、ミーリアは窓にこつんと額を当てる。

いつかの夜に、アレクシスは夜景を見ながら公爵家について語ってくれた。

ノルディス公爵家は歴史の浅い家柄らしい。

浅いといっても百年ほど前からで、国への功績によって爵位を授かったのだとか。

「待たせたな。もう降りていい」

アレクシスが戻ってきて、馬車を降りるのに手を貸してくれる。

「さっきのは領民ね。みんな、あなたを慕っているみたい」

「ああ。信心深い者が多いからな」

信心深い……言われてみれば、祈っている者がいた気がする。

領主に対して信心深いというのも不思議だなと首を傾げたら、彼は真顔で続けた。

「いずれ紹介しなくてはならないが、今日は君を見られなくてよかった」

「？」

「領主の妻は女神だ、と大騒ぎしかねない」

君は美人だからと真剣に言われたので、ミーリアは照れつつも笑ってしまった。

ノルディス家の屋敷は木々に囲まれた美しい湖畔にあった。

屋敷の佇まいは古めかしいが手入れが行き届いていて、庭の小道から湖へ行けるようになっている。

屋敷の管理人は、昔から公爵家に仕えている年嵩の夫婦で、滞在中は食事の支度をしてくれるらしい。近隣の村から家事をするメイドも何人か来てくれていた。

彼らは皆、アレクシスが何も指示せずとも、入り用なものを支度してくれる。

王都の屋敷もそうだが、公爵家の屋敷にしては使用人が少なくて派手さもない。

だが、そのほうがミーリアも落ち着くし、身の回りのことを自分でこなせるので問題はなかった。

——ここは見覚えがある。

ミーリアは屋敷の前に立った瞬間から、そう感じた。

あちこち見て回る間、アレクシスは黙って後ろをついてくる。

庭園を抜けて湖へ移動すると落下防止の木の柵があったので、そこで立ち止まった。

公爵領に着いたのが昼過ぎだったので、いつの間にか夕暮れどきだった。

鮮やかな夕日が湖面に映り、一面がオレンジ色になっている。

天を仰ぐと、黄昏《たそがれ》の空は端のほうから夜に染まり始めて、すでに一番星が出ていた。

湖の周辺は遮るものがないので、王都よりも広くきれいな星空が見えそうだ。

美景に嘆息を零しつつ、あたりを見渡した時、湖の対岸に崩れかけた廃墟らしきものがあった。

――あそこは……？

ミーリアは無意識に後ろへ下がった。

どうしてか分からないが、身体が震えて腰が引けてしまう。

更に数歩下がったら、後ろに立っていたアレクシスにトンッとぶつかった。

「あっ……」

「戻ろう。そろそろ日が沈むから」

アレクシスに手をとられてその場から連れ出される。

屋敷へ戻り、夕食をとってから二階の小さな図書室へ案内された。

「ここは……」

「ミーリア、おいで」

湖が見える窓辺にカウチとテーブルが置かれている。

アレクシスがテーブルにランプを置き、カウチに座ってミーリアを手招いた。

導かれるように彼の隣へと腰を下ろしたら手を握られた。

「君をここへ連れて来たかった。だが、私はあまり領地へ足を運ばない。この屋敷も建て直してから使っていなかった。それで整備するのに時間がかかった」

「話をするための準備っていうのは、屋敷のことだったのね」

「ああ。君と話すなら、ここがよかったんだ」

「……そう。わたしもここには見覚えがある。特に、湖畔の風景が……屋敷の外観は変わっているけど、部屋の雰囲気と、家具の配置も見たことがあって」

ミーリアはカウチを撫でてからアレクシスを見つめる。

「アレクシス。訊いてもいい？」

「ああ」

「あなたは――イヴァンなんでしょう。そして、ここはわたしたちが暮らしていた場所なんじゃないの？」

黄金色の瞳から目を逸らさずに答えを待ったら、アレクシスもしっかりと視線を受け止めて、もったいぶらずに答えてくれた。

「そのとおりだ、ミア」

ミア。前世の名前だ。

それを知っているのはイヴァンだけ。

分かっていたこととはいえ、胸がいっぱいになって抱きつくと、受け止めたアレクシスが頭を撫でてくれる。

「よかった、やっぱりイヴァンだった……！」

訊いても遮られるか、ほのめかしてばかりだったと涙目で睨んだら、アレクシスが困ったように視線を逸らした。

「前も言っただろう。私のことはアレクシスとして好きになってほしかったんだ。でも、悩ませて悪かった」

「もういいわ。わたしもミーリアとして、あなたを好きになったから」

「うん」

「だけど、記憶はあるの？　わたしは細かいことを忘れてしまって、二人で過ごしたことしか覚えていない」

歪んだ顔を伏せて吐露すると、頭を撫でていた彼の手が止まる。

「二人で過ごしたこと？」

「ええ、そうよ。あなたが看病してくれたことや、一緒に本を読んだこと……些細な日常の場面だけで、会話も断片的な記憶ばかり」

「他には？　つらかったこととか、覚えているか？」

「ほとんど覚えていないわ。ただ一つだけ、森の中で、あなたと抱き合って泣いていたのは覚えている。でも、そのあとどうなったのかは思い出せない」

「……そうか」

「あなたは全部覚えているの？」

アレクシスが一瞬の間をおいて頷く。

「ああ。君の身に何があったのか、すべて覚えている」

「じゃあ、教えてほしいの。今のわたしは、イヴァンとどうやって出会ったのかさえ分からない。ちゃんと知りたいわ」

「分かった。だが、君との出会いを話すとなると、私の生い立ちも話さないといけない。長い話になると思う」

「いいわ。あなたのことも聞きたい」

「……了解した」

アレクシスがカウチに凭れかかり、ミーリアの肩を抱き寄せた。

遥か昔──イヴァンとミアだった頃みたいに寄り添うと、彼はおもむろに語り始めた。

第四章　すべてはそこから始まった

今から二百年前、当時のウルティム王により『魔導士』は脅威とみなされた。

結果、王国全土に魔導士を捕縛せよと命が下され、のちの歴史書に『魔法弾圧』と記述される大虐殺が起こった。

しかし、もともとウルティム王国は魔法研究が盛んな国だった。

魔法の有益性が認められていて、多くの魔導士が国の発展に貢献してきた。

そんな王国で、どうして弾圧が起きてしまったのか。

発端となったのは、たった一人の少年の存在。

イヴァン・ウルティム。

国王の落とし胤《だね》であり、並外れた魔力を持って生まれた異端児だった。

◆◇◆

……その日のことを、イヴァンはよく覚えている。

大きな轟音が響き渡って、あたり一帯のものが爆風で消し飛んだ。

生活していた離宮の二階が崩落し、風が吹くと土煙が舞った。瓦礫の欠片がカラカラと乾いた音を立てて転がっていく。

その爆発の中心で、七歳になったイヴァンは無傷で佇んでいた。

どこからか痛みを訴える細い声が聞こえる。おそらく侍女の声だろう。

――あの人も、ちかくにいたのかな。

あの人……イヴァンの実母も二階で暮らしていたはずだが、どうなったのだろうと頭の片隅で考える。

母はかつて名を馳せた踊り子だったらしい。

王の愛妾となってイヴァンを生んだが、寵愛はあっという間に薄れて、息子のイヴァンもろとも城の裏手にある離宮へ追いやられた。

『近づかないで、本当に恐ろしい子……！』

母は口を開くたびにイヴァンを罵り、怯えたような目を向けてきた。

親しみをこめて名を呼ばれたり、抱きしめられたことなんて一度もない。

何をしても拒絶されると知ってから、イヴァンは母に対して無関心になり、今や赤の他人も同然だった。生死についてもさほど興味がない。

無表情で空を仰ぐと、土煙の向こうに青空が見えた。

——そらが、あおい。

ウルティムを建国した初代の王は魔導士だったという。当時は当たり前のように、国民も魔法を使えたそうだ。

しかし異国の血が入ってきて、王家にも魔力を持つ者が少なくなった。

そんな状況下でイヴァンは生まれたが、過去に類を見ないほど強大な魔力を有していたため制御することがままならなかった。

初めて魔力を暴走させたのは赤ん坊の頃だ。

大小さまざまな家具を魔法で飛ばしてメイドに重傷を負わせたらしい。

無邪気に笑ってそれを繰り返したから、彼は危険とされて離宮へ移動させられた。

以来、母は怖がって近づいてこなくなり、使用人や教師も最低限の世話をするだけでイヴァンと距離を置いた。

ゆえにイヴァンは人とまともな会話をせずに育った。

そして七歳の誕生日を迎えた日、過去最大の規模で魔力が暴走した。

——だって一人でさびしかったんだ。さびしくて、さびしくて……すごく泣きたくなって、がまんできなくなって……。

気づいたら、何もかも吹っ飛んでいた。

もう一度あたりを見回すと、住み慣れた離宮は瓦礫の山になっていた。

――おれも、ふっとべばよかったのに。

ひどい虚無感に襲われていたら、大勢の足音とざわめきが聞こえた。

まもなく武装した騎士に取り囲まれ、屈強な身体つきの騎士隊長が前に出る。

「イヴァン様。どうか、おとなしくついてきていただけますか」

イヴァンは黙って両手を差し出し、枷をはめられて謁見の間へ連行された。

父ウルティム王はイヴァンを見るなり「この悪魔め」と吐き捨てる。

「ここまで地響きと爆音が聞こえたぞ。お前の母親も安否不明だ」

父はひどく苛立っていたが、その眼差しには恐れが含まれていた。

「一瞬で離宮を半壊させるとは、魔力を持つ者はかくも恐ろしいものなのか。一歩間違えたら、この城まで吹っ飛んでいたかもしれぬ……もう連れて行け。そいつを私に近づけるな。処罰が決まるまでは塔に閉じこめておくように」

羽虫を払うように手を振ったウルティム王は、イヴァンと目も合わせなかった。

それから数年間、イヴァンは城の外れにある塔の一室で幽閉生活を送った。

家具は木製のベッドとテーブルだけで、階段に通じるドアは格子つきの小窓があり、ドアノブは触れただけでバチンッと弾かれる。

塔全体に強力な魔法の結界が張られてあり、魔力が暴走することはなくなったが、訪問者のいない塔で暮らす日々は寂しいものだった。

外へ出ることも許されず、唯一の娯楽は差し入れされる小難しい本のみ。

世話役のメイドもイヴァンを怖がっていたから、次第に彼は身の回りのことを一人でこなすようになっていった。

やがて、塔の中で十四歳になったイヴァンはこう思うようになった。

——いっそ殺せばいいのに。

離宮を半壊させた折、実母も死んだことをあとで聞かされた。

それについて感傷は抱かなかったが、自分の責任であるとは分かっていた。

だから厳罰を覚悟したのに、イヴァンが幼かったことと『王の血』を引いていたので極刑が難しく、幽閉するしかなかったのだろう。

——こんなのは死んでいるも同然だ。

イヴァンはいつも人形みたいに無表情だった。

隔絶された環境では刺激もなく、日々の中で『生』を実感したこともない。

果たして、これは生きていると言えるのか？

そんな疑問を抱くようになった頃、とある男が塔を訪ねてきた。

「はじめまして、イヴァン様。私はリカルド・ヴェントリーと申します。これでも魔導士の端くれでございます」

灰のような銀髪に青い瞳をしたヴェントリー侯爵は、ドアの小窓越しに自己紹介をしてから、うさんくさい笑みを浮かべた。

「イヴァン様は飛びぬけた魔力をお持ちだとか。我が侯爵家は魔法の研究をしております。よろしければ、その研究にご協力いただけないでしょうか」

「……俺は王命で幽閉されている。ここから出られない限り、協力もできない」

「その件ですが、あなた様をここから連れ出すことを、国王陛下は条件付きで承諾してくださったのですよ」

「条件？」

「はい。条件は三つです。一つ、塔を出る際は拘束して、自由な行動を制限すること。二つ、あなた様を侯爵領へお連れしたら屋敷の敷地外へ出さないこと。三つ、もし何かあっても王家は責任を取らない」

つまり外へ出ても制限ある生活は続き、責任の所在が変わるだけだ。

それに『研究に協力』とは聞こえはいいが、イヴァンを実験体にしたいのだろう。

その果てに死んだって国王は気に留めない。むしろ体のいい厄介払いができると思っていそうだ。

どうでしょうかと笑顔でのたまうヴェントリー侯爵に、イヴァンは淡泊に応じた。

「好きにしろ」

「かしこまりました。では、そのようにいたしましょう。明日にでも、我が領地へお連れできるように準備して参ります」

――どうせここにいたって、ただ死ぬのを待つだけだ。

今後の生活に関心はない。研究の実験体にされて死のうが、幽閉生活の果てに衰弱死しようが同じだと諦観していたからだ。

翌日には塔を出されて、ヴェントリー侯爵領まで連れて行かれた。

そこは王都の洗練された空気とは違い、広大な山林があり、平野部には田園と農村が広がっていた。

鬱蒼とする林道の先には美しい湖があって、その湖畔で馬車は停まった。

イヴァンが馬車を降りると、古びた屋敷が建っていた。

「こちらの屋敷で生活していただきます。外観は古いですが、中は改築してありますのでゆるりとお過ごしいただけると思います」

「お前たちも、ここで暮らしているのか？」

「我々はあちらの屋敷で暮らしております。数年前、研究所もかねて新築しました。魔導士の研究員もおりますよ。彼らには追々ご紹介しましょう」

侯爵が湖の反対側を指で示す。そこにも煉瓦造りの屋敷が建っていた。

研究所として使うためか、石造りの塔や宿舎と思しき建物も併設されている。

「屋敷の敷地は湖畔と裏手の森の一部です。敷地内なら、好きに過ごしていただいて構いません。ただし、一歩でも外に出たらその腕輪が反応します。魔力を抑制する魔法具で、逃走防止の魔法もかけてあります」

イヴァンは無言で両手を見下ろす。

囚人のような枷は外されたが、細い腕輪を両手首に嵌《は》められていた。

「使用人は掃除と炊事をする者しかおりません。ご希望があれば侍従も雇いますが」

「いらない。身の回りのことは自分でできる」

説明を聞き流し、玄関ホールの階段を上り始めた時、それまで饒舌だったヴェントリー侯爵が咳払いをした。

「それから、この屋敷にはすでに住人がおりまして――」

「お父様。お客様がいらしたの？」

不意に、上階から鈴を転がすような高い声が聞こえた。

反射的に声のするほうへ目線をやると、そこには銀髪の少女がいた。

イヴァンと視線が合った途端、少女は驚いたように後ずさり、あっという間に階段の向こうへ消えてしまう。

「こら、ミア！　……礼儀のなっていない娘で申し訳ございません」

「……ミア？」

「我が侯爵家の末娘です。ヴェントリー家は由緒正しき魔導士の家系。子供は魔力を受け継いで生まれますが、ミアだけは魔力を持っていないのですよ」

階段を上り終えたヴェントリー侯爵は張りつけたような笑みを浮かべた。

「つまり、我が家にとっては出来損ないの娘です。ですから、ここで我々の研究に協力させているのです」

侯爵は取るに足らないことだと言わんばかりに肩を竦めた。


それからまもなく、イヴァンは『研究に協力』の意味を理解することになった。

毎朝、研究塔へ赴き、魔法陣の中心に座らされて、ひたすら魔力を吸い上げる魔法をかけられる。

激しい目眩と体調不良に襲われるが、彼が暴れないよう両手の腕輪が締まり、拘束具の役割を果たした。

体調が悪いと訴えても、侯爵は聞き流すばかりで講釈を垂れる。

「本来『魔力』とは微小なりとも空気中に存在しています。ただ、多くの人間はそれを感知できません。ですから魔力を宿して生まれることは才能です。特にあなた様の魔力は質が高く、膨大な量です。ぜひとも研究に活用させていただきたい」

「……もう、限界だ……やめろ……」

「ご安心ください、死にはしません。魔力は血液のように体内で生み出されます。少し体調が悪くなったとしても、休めばもとに戻りますよ」

そう嘯《うそぶ》いて、イヴァンが気絶するまで魔力を吸い上げるのだ。

気を失ったあとは屋敷へ運ばれるが、貧血のような状態に陥って動けなくなる。

全身の倦怠感と痺れのせいで、夜まで意識を失っている時もあった。

二週間もそれが続くと、さすがに衰弱してきた。

「……のど、かわいた……」

ベッドで目覚めたイヴァンはサイドテーブルの水差しに手を伸ばそうとしたが、指が震えてうまくいかない。

ぐったりとうつ伏せになると、手首に嵌めた腕輪が目に入った。

――逃走防止の魔法をかけてあると言っていたが、逃げるどころじゃないな。

魔力を搾取され続けて動けない。まさしく実験動物だ。

ベッドの脇にある窓へと虚ろな目を向けたら、美しい湖と夕暮れの空が見えた。

――幽閉されていた時のほうが、よほどマシだったかもしれない。……でも、別にどうでもいいか。俺がここで死んだところで誰も気にしない。

他人事みたいに思って外を眺めていたら、突然ドアが開き、銀髪の少女が水差しとタオルを持って入ってきた。

イヴァンが起きていると気づくなり、少女——ミアがぎくりと身を震わせた。

「あっ……」

「…………」

「……え、ええと、起きていると思わなくて……ノックもなしに入って、ごめんなさい」

彼女はしどろもどろに謝って水差しを交換しようとしたが、中身が減っていないと気づいたのだろう。

何か問いたげにイヴァンを見つめて、すぐに状況を察したようだ。

「冷たいお水、飲む？」

頷いて半身を起こせば、ミアがグラスに水を注いで口元に添えてくれた。

冷たい水をゆっくりと嚥下《えんげ》していくと口の端から零れてしまう。

ミアは零れた水をタオルで拭き取り、時間をかけてもう一杯、飲ませてくれた。

「食事は？」

「……いらない。気分が悪い」

「でも、何かお腹に入れたほうがいいわ。果物はどう？　リンゴがあるの。すり下ろしたら食べやすくなるから」

「……すり下ろす？」

「そう。消化にもいいし、具合が悪い時にはそのほうがいいの。ちょっと待っていて。用意して持ってくるから」

ミアが部屋を出て、軽やかな足音がぱたぱたと遠ざかっていく。

――この水差し、彼女が用意していたのか。

飲み干しても水が補充されていたので、てっきりメイドがやっているのかと思ったが、先ほどのミアは慣れたそぶりで部屋へ入ってきた。

接触する機会がなかっただけで、いつも意識がない時に様子を見に来てくれていたのかもしれない。

それから十分ほどしてミアが戻ってきた。

「はい、口を開けて」

促されるまま口を開けたら、スプーンに乗せたリンゴを運ばれた。たちまち甘酸っぱいリンゴの味が口内に広がっていく。

「どう？　食べられそう？」

「……ああ」

「じゃあ、もう少し食べて。気分が悪くなったら教えてね」

甲斐甲斐しく食べさせてもらいながら、ミアの姿かたちを初めてしっかりと見た。

彼女の手足は白くて細い。身体つきは華奢で、透き通るような銀髪を片側でまとめて三つ編みにしている。

パッチリとした瞳は濃い青で、長い睫毛は髪と同じ銀色。鼻筋は整っていて、小ぶりな唇はリンゴみたいに赤かった。

「あなたの名前は何ていうの？　わたしはミアよ」

ミアをじっと見つめていたイヴァンは、その質問でハッと我に返った。

「……イヴァン」

「イヴァンの年はいくつ？」

「……十四歳」

「わたしは十三歳。あなたのほうが一つ年上ね」

ミアは年の割に大人びていた。物腰が柔らかく、イヴァンの世話もてきぱきとこなす。

「初めて顔を合わせた時、逃げてしまってごめんなさい。この屋敷に男の子が来るなんて思わなかったから驚いたの。あなたは、どこから来たの？」

「…………」

「あ、答えたくなかったら答えなくていいの。こんなに人と話すのが久しぶりで、つい質問攻めにしてしまったわ……残りのリンゴはここに置いておく」

イヴァンが無表情で黙りこくっていたせいか、ミアはそそくさと立ち去ろうとする。

その姿を目で追いかけたら、ドアノブに手をかけた彼女が振り向いた。

「夕食の時間になったら、様子を見に来るから。それじゃ、またあとでね」

控えめに手を振ったミアが部屋を出て行く。

イヴァンは閉まるドアを見つめて「またあとで」と小さく繰り返した。

――何故だろう。その言葉の響きは、なんだか……とても……。

しっくりくる表現が思いつかなくて首を傾げた。

この日をきっかけに、ミアは毎日イヴァンに会いにくるようになった。

大抵ベッドサイドで読書をしているが、イヴァンが目覚めると水や食事を持ってきて、清潔なタオルで汗を拭き、気分の悪さで呻いていると手を握ってくれる。

会話は弾まないけれど、ミアは気にしたそぶりはなく、必要なことを尋ねたら静かに付き添っていた。

今日も今日とて目覚めるとミアがいた。椅子に座って熱心に本を読んでいる。

じっと見ていたら、視線に気づいた彼女が面を上げた。

「イヴァン、起きたのね。体調はどう？」

「……水、飲みたい」

手を借りながら水を飲んだら「何か食べる？」と訊かれた。

「……リンゴ」

「イヴァンはリンゴが好きね」

特別にリンゴが好きなわけではない。ただ、そう答えるとミアがベッドの横でリンゴを剝いてくれるようになったから、それを眺めるのが好きだったのだ。

「すり下ろさなくても平気？」

「……ん」

「はい、食べて」

フォークに刺したリンゴを食べさせてもらう。

甘酸っぱい果肉を咀嚼しつつも、イヴァンはミアから視線を逸らさなかった。

剝いてもらったリンゴを食べ終わったところで、おもむろに口を開く。

「こういうこと、慣れてるのか」

自分から話しかけたのは初めてで、ミアがびっくりしたように目を丸くする。

「えっと、こういうこと、って……もしかして看病のこと？」

「ああ」

「慣れてないわ。ただ見よう見まねでやっているの。読んでいる本に、そういう場面が出てきたりするから」

イヴァンはテーブルに置かれた本に目を向けた。彼女は読書が好きで、暇があれば読んでいる。

なにげなく本に手を伸ばしたら、ぱっと取り上げられてしまった。

「これはだめよ！　その、何ていうか……こういう内容の本に、男の子は、きっと興味がないだろうし……」

「？」

「あ……そ、そういえば、やらなきゃいけないことがあった。ちょっと片づけてくるから、ゆっくり休んでね。また、あとで」

いつも落ち着いているミアが赤面し、あたふたと部屋を出て行ってしまう。

ドアが閉まるのを見届けてから、イヴァンは脳内で今のやり取りを反芻《はんすう》した。

――顔が赤かったし、焦っていたみたいだ。

どうして焦っていたのかはさっぱり分からないが。

イヴァンはかぶりを振ると、グラスの水で喉を潤してから横たわった。

まだ動くのは億劫だが、身体が徐々に慣れてきて気絶することは減った。

――こんな扱いにも慣れてきたなんて、憎らしいほど頑丈な身体だ。俺が衰弱して死んだところで、どうせ誰も……。

ふと脳裏にミアの顔が過ぎり、いつもの自虐的な思考が中断した。

――いや、どうだろう……今は違う、のか……？

ミアは毎日現れて「体調はどう？」と気にかけてくれる。

もし、イヴァンが死んでしまったら——ミアだけは悲しむかもしれない。

サイドテーブルを見ると、ガラス製の花瓶が置かれていた。

今朝、ミアが湖畔で摘んできたと言い、名も知らぬ野花を生けていたのだ。

胸の奥に生じつつある不可解な感情に戸惑いながら、イヴァンはしばらく花瓶を見つめていた。

だが、その翌日からミアがぱたりと来なくなった。

毎朝イヴァンを研究塔へ連れていくヴェントリー侯爵も姿を見せず、お蔭で体調は良くなったものの、それが三日も続くと違和感を抱き始めた。

——ミアが来ない。

塔に幽閉されていた頃も、興味本位でイヴァンのもとを訪ねてくる魔導士や貴族はいたが、皆すぐに飽きて来なくなった。

もしかしたら、ミアもそれと同じだろうか。

——俺の世話に飽きたのならいい。別にそういうのには慣れているから……だけど、もし、そうじゃなかったら？

『——我が家にとっては出来損ないの娘です。ですから、ここで我々の研究に協力させているのです』

イヴァンは花瓶を見た。ミアが生けた野花は枯れて花弁を散らしている。

それを見ていると、なんだか居ても立ってもいられなくなって部屋を出た。

胸の奥が妙にざわめく。焦燥か、不安か――どちらも馴染みのない感覚だったから顔が歪んで、歩調が速まる。

夕暮れ時で、屋敷には人けがなかった。

メイドは昼過ぎには洗濯や掃除を終えて、厨房のコックも食事を作り置きして帰って行ってしまう。

イヴァンは部屋に閉じこもり、めったに出歩くことがなかったので、これほど屋敷が閑散としているなんて知らなかった……いいや、知ろうとしなかったのだ。

――ミアの部屋は、どこだ？

いつだって足を運んでくるのは彼女のほうだから、それすらも分からない。

不気味なほどに静粛な廊下を進み、端からドアを開けていく。

やがて廊下の突き当たりの部屋に行き着き、ノックもなしにドアを開け放つと、そこに探し人はいた。

部屋の奥には天蓋つきのベッドがあり、ミアがうつ伏せで横たわっていた。

イヴァンは足早にベッドに近づいた。目を閉じている彼女の顔は紙のように白く、いつも血色のいい唇が薄紫色だ。

「……ミア」

名前を呼ぶのは初めてで、情けないほど小さな声になった。

控えめに肩を揺すってみたら、ミアの目がゆっくりと開く。瞳の焦点が宙をさ迷ったあとでイヴァンの顔をとらえた。

「……あ、イヴァン……？」

今にも消え入りそうな細い声だった。ろくに目も開いておらず眠たそうだ。

「もしかして、お水……？　それか、食事か……リンゴと一緒に、あなたの部屋に運ぶように、メイドに頼んでおいたはずだけど……」

自分は死人みたいな顔色のくせに、イヴァンを気遣う言葉ばかりだった。

――すごく具合が悪そうだ。でも、こういう時はどうしたらいい？　いったい、なんて声をかけるものなんだ？

分からなくて黙りこむと、ミアがのろのろと起き上がってベッドに腰かける。

その際、ネグリジェの裾が捲れてほっそりとした足首が見えた。イヴァンの手首に嵌められているものと、そっくりな足環《アンクレット》がある。

「足の、それ……」

「……足環のこと？　何度も脱走しようとしたから、逃げられないようにつけられたの。あなたが手首につけている腕輪と、効果は同じ」

「効果？」

「まさか、知らないの？　逃走防止の魔法がかけられているのよ。敷地の外へ出ると魔法が発動して爆発するんですって。説明されなかった？」

「効果は知らなかった」

ミアが「なんてこと」と呟いて、目眩を覚えたように額を押さえる。

「説明せずに、腕輪をつけたのね……あの人たちは、人の心がないんだわ」

「……あの人たち？」

「わたしの父や研究員。彼らは、研究以外のことはどうでもいいの」

他人行儀に言うと、ミアが気分悪そうに前屈みになり、細いうなじと肩のあたりに黒いものが見えた。

――これは、何かの模様か？　肌にじかに描かれているみたいだ。

視線に気づいたのか、ミアは苦笑した。

「もしかして、見えた？」

「模様がある」

「ええ……魔法陣よ。空気中の魔力を取りこんだり、外部から魔力を注げるんですって。魔力のない人間でも、魔導士になれるかどうかの実験ね。今のところ成功みたい。簡単な魔法も使えるようになったけど、疲労感がひどくて体調を崩してしまうの」

かける言葉が見つからずに黙っていると、ミアはすぐに毛布で首元を隠した。

「今は薄着だから、あんまり見ないで」

ああ、うんと生返事をして立ち尽くしていたら、ちらりと一瞥される。

「もしかして、だけど……イヴァンは心配して来てくれたの？」

「……よく、分からない……たぶん、そう、かな」

曖昧《あいまい》な返答になってしまったが、ミアは相好を崩した。

平時の大人びた姿とは印象が違うあどけない笑顔だった。

「わたしは平気。イヴァンが歩き回れるほど元気になって、よかったわ。……ねぇ、ここに座って。もう夕食は食べた？　厨房に行けば、紅茶もあるのよ。とりあえず、お湯を沸かして……イヴァンの好きなリンゴも……」

ミアがふらふらと歩き出そうとするので、咄嗟に行く手を遮った。

とりあえず彼女を休ませるべきだということだけは分かったので、ベッドに座らせてからぎこちなく告げる。

「俺のことは、いい。君が座れ」

「でも、せっかく部屋に来てくれたんだし……」

「いいから座れ。君は死人みたいな顔色だ。その状態で出歩いたら、たぶん倒れるから」

やや強めに言いきったら、ミアが驚いたように青い瞳をパチパチさせた。

「イヴァンって、普通に話せるのね」

「当たり前だ」

「単語でしか話さないのかと思ったわ」

「今までも、単語以外も話していただろう」

「水。飲みたい。リンゴ。ああ」

「……何？」

「それだけで、わたしと会話ができるでしょう」

眉をぴくりと動かしたら、ミアがまた笑った。

「なんだか、ちょっと元気が出てきた。心配してくれて、ありがとう」

「……礼を言われるようなことじゃない。どうすればいいかも、よく分からないし」

少し考えるそぶりをしたミアがテーブルを指さした。

「グラスにお水を注いで、持ってきてくれると嬉しいわ。喉が渇いたの」

指示されたとおりに動いて水を飲ませてやり、ベッドに横たわる彼女を見守る。

「ここ、座って」

ぎこちなくベッドの端に腰かけて、ねだられるまま手を握ってやると、ミアが顔をくしゃりと歪めた。

「誰かが側にいてくれるのは初めてよ。いつも一人だったから」

「……一人？」

「うん。子供の頃から一人で、この屋敷に暮らしていたの。イヴァンが来てくれて嬉しかったわ。ずっと、話し相手が欲しかったから」

ミアは青く澄んだ目を閉じた。長い睫毛の隙間から透明な雫がぽろりと落ちる。

「本当は、ね……どうやって話しかけようって悩んで、こっそり、何度もあなたの様子を見に行ったの……だから、心配してくれて……本当に、嬉しい」

それきり口を噤み、静かに涙を零すミアを前にしてイヴァンは途方に暮れた。

泣いている相手はどうやって慰めればいいのだろう。

……分からない。分からないけれど、とにかくミアを一人にしてはいけないと思った。

「イヴァン。わたしが寝るまで、ここにいてくれる？」

「……ああ。いるよ」

頷いてみせたら、彼女はホッと息をついて目を閉じた。

ほどなくして安心しきった寝息が聞こえたが、イヴァンは細い手を握りしめたままその場を離れなかった。

翌朝。パチリと目を開けたら室内はまだ薄暗くて、ミアが腕の中で眠っていた。

「……？」

一瞬状況が把握できなかったが、彼女に付き添っている間に睡魔に襲われて、自分からベッドにもぐりこんだのだと思い出す。

ミアの顔を覗きこむと、昨日よりも血色がよくなっていた。

安心して胸を撫で下ろしたところで、はたと動きを止める。

——安心？　ミアの体調がよくなっていたから、か？

自分にもそんな感情があったのだなと驚く。誰かに添い寝したのも初めてだ。

——だけど、まぁ……悪くない、な。

無防備に眠るミアを観察していると、彼女のほうからすり寄ってきた。

ぴたりとくっつかれた瞬間、あまりの柔らかさに驚いて肩が揺れたが、おっかなびっくり抱きしめてみた。

——こんなに温かくて柔らかいものに、触れたことがない。

イヴァンは嘆息し、透き通るような銀髪に頬を寄せた。紗《うすぎぬ》のごとくさらさらとした感触が頬に当たる。

これは気に入ったと頬をぐりぐり押し当てていたら、ミアが身じろぎした。

「ん……ふわぁ……イヴァ……ン……？」

欠伸をしながら固まったミアと至近距離で目が合った。

大きく見開かれた瑠璃色の瞳を見つめ返すと、数秒後——ミアが赤面しつつ飛びのいて「こういうのはだめよ！」「同じベッドで寝るなんて！」「もちろん何もなかったのは分かっているけど！」と捲くし立ててきたが、いかんせん彼女の顔が熟れたリンゴのようになっていたので、どれも聞き流したイヴァンは真剣に言った。

「君の顔、リンゴみたいだ」

「えっ、丸いってこと？」

「赤いってこと。リンゴみたいに」

ミアは耳の先まで赤くなり、毛布にもぐってしまった。

そのあとしばらく顔を見せてくれなかったが、イヴァンは側を離れなかった。

以降、それぞれの部屋へ足を運び、他愛もない雑談をして過ごすようになった。

お互い似た環境で生きてきたということは察していたし、誰かがいてくれるというのが心地よかったのだと思う。

ある時、ミアがリンゴを剝きながらこんなことを言った。

「イヴァンってあまり感情を出さないのね。普段から、笑ったり泣いたりしないでしょう」

「まぁ、うん」

「最後に笑ったのは、いつ？」

「さぁ」

「泣いたのは？」

「泣いたことがない」

「じゃあ、泣き虫ではないのね。わたしとは違って」

「君は泣き虫なのか」

「ええ。涙腺がゆるゆるだもの」

切り分けたリンゴをフォークに刺して渡されたので、甘酸っぱい果肉を齧って「涙腺がゆるゆる」と繰り返したら、ミアはくすくすと笑う。

「イヴァンって、たまに子供みたいね」

「俺は子供じゃない」

「そうね、わたしより年上だし。……ムッとしないで。子供みたいって言って、ごめん」

ほっそりとした指が伸びてきて、皺の寄った眉間をツンと押される。

それで、イヴァンも自分がしかめっ面をしていると気づいた。

「こうして見ると、イヴァンって意外と表情豊かなのね。さっき感情を出さないって言ったのは、間違いだったかも」

「……あまり見るなよ。こんなの俺らしくない」

「表情豊かでもいいと思うけど。わたしたちは生きている人間だし、感情のない人形とは違うんだから」

——生きている、人間？

自分はずっと死んでいるも同然だと思っていた。

誰からも必要とされず、ただ疎まれながら息をしているだけの人形のようだと。

イヴァンは右手を胸に当てた。心臓がトクン、トクンと脈打っている。

「俺は……生きているってどういうことか、よく分からない。これまでは、息をしているのに死んでいたような感じがして……感情の出し方とかも、あまり分からない」

「……そう。じゃあ、これから知っていきましょう」

ミアが「一緒にね」と俯きがちに呟いた。

それからは、ますます二人で過ごす時間が増えていった。

幼少のみぎりから隔離されて、人と親密になることは一度もなかったので、はじめは戸惑うことが多かった。

だが、分からないことはミアが教えてくれた。

他者への気遣いや、人との接し方。言葉の機微や、感情の表し方まで……彼女と一緒に時間をかけて、イヴァンは理解していったのだ。


そして、五年の歳月が流れて――。


「――イヴァン、イヴァン」

優しく肩を揺すられて、イヴァンは微睡《まどろ》みの底から目覚めた。

薄目を開けると、顔を曇らせたミアがこちらを覗きこんでいた。

「大丈夫？　もしかして具合が悪いの？」

「……いや……ここ、暖かいから転寝してた」

屋敷の図書室は南側にあり、窓辺のカウチは日当たりがいい。

そこでミアと過ごすのが日課だったが、彼女がお茶の支度をしに行っている間に転寝をしてしまったのだ。

欠伸をして隣をポンポンと示したら、ミアが本を抱えて座ってきた。

五年が経っても状況は変わっていない。敷地外に出られず、ヴェントリー侯爵に連れられて研究塔へ赴き、定期的に魔力を搾取される。

ただ、その頻度が昔より減った。

数日に一回になり、イヴァンも十九歳になって身体が成長したから、寝こむほど体調を崩さなくなった。

「それで、今日は何を読むんだ？」

「昨日の続きよ。伯爵令嬢のアンリが旅先で騎士オーリスと出会ったあとの話」

「はぁ～。また恋愛ものか。しかもその本、何回読んでいるんだ」

「何回だって読むわ。面白いもの」

「魔導書とか、薬学の本のほうがいい。君だって、いつも熱心に読んでいるじゃないか」

「これはこれで面白いの。恋愛を題材にしたおとぎ話はロマンティックで憧れるじゃない……はぁ……騎士オーリスは格好いいし、運命の恋って本当にすてきね。いつだってハッピーエンドだし」

「はいはい」

そこからミアが運命の恋について語り始めたので、適当に相槌を打ちながら読みかけの魔導書に手を伸ばした。

魔導書の多くはゴルド文字で書かれている。魔導士だけが使う文字で、独特な文法を用いるため難解だ。

しかしイヴァンはミアに文字を教わり、今では魔導書を読めるほどになった。

理想の恋を語る彼女の隣で読書を始めたら、肩を揺さぶられる。

「ちゃんと話を聞いて、イヴァン」

「聞いてるよ。あれだろう……なんやかんやあって、ハッピーエンドがいいんだろう」

「そうなんだけど、そこに至るまでの過程が大事で――」

「ふーん。ロマンティックじゃないか」

「まだ何も言っていないわ。やっぱり聞いていないでしょう」

ミアがぷりぷりと怒って本を開き、肩に凭れかかってきた。

イヴァンもさりげなく彼女の腰を抱いて楽な体勢をとり、読書を再開する。

「イヴァン、最近ちょっと冷たいわ。昔はもっと素直で優しかった」

「俺は昔からこうだけど」

「いいえ。さっきみたいな意地悪はしなかったし、ここまでツンツンしていなかった」

「だったら、もともとこういう性格だったんじゃないのか。人と接する機会がなくて、自覚がなかっただけで」

淡々と自己分析を語る。イヴァンが『こういう時、俺だったらこう感じるな』と思えるようになったのは、ミアと出会ってからだ。

「じゃあ、いい変化なのかしら。イヴァンが、イヴァンらしくなったってことだし」

「そうかもな。だいたい、そういう君だって――」

美しい瑠璃色の瞳に射貫かれて、イヴァンは言葉を切った。

「わたしだって、何？」

怪訝そうなミアに「何でもない」と返し、ぷいと顔を背ける。

彼女は今年で十八歳。出会った頃はあどけない顔立ちの少女だったが、顔の輪郭がほっそりとして、身体は女性らしい膨らみを帯びた。

雪白の肌と端麗な面立ちは、街に出れば人目を惹くだろう。

星の輝きを彷彿とさせる銀髪はさらさらで、ことあるごとに触れたくなる。

ただ厄介なのは、近ごろ髪だけじゃなく、白い肌や鮮やかなリンゴ色の唇にまで触れてみたいと思うようになったこと。

昔より感情の機微が分かるから、イヴァンはそれが邪《よこしま》な衝動であると気づいている。

——ミアには知られたくない。

衝動に身を任せたら、きっと触れるだけでは足りない。

その時、腰に回したイヴァンの手にミアの手が重ねられた。指を搦めて繋がれて、それだけで胸が温かくなる。

いつだったか、彼女が自分の生い立ちを話してくれた。

ヴェントリー侯爵家の末娘として生まれ、兄が一人と姉が二人いるらしいが、とかく魔導士を重宝する一族なので魔力のないミアは爪はじきにされた。

研究に没頭する父を筆頭に、母や兄姉たちもミアを出来損ないと呼び、この屋敷へ追いやったそうだ。

あの人たちとは価値観が違うと、ミアは諦めた表情で語ってくれたが、その直後に涙を流していたから、きっと寂しくつらい思いをしてきたのだろう。

孤独が心を殺せることを、イヴァンは知っている。

誰にも必要とされずに生きることは死んでいるも同然だ。

——でもミアと出会って、俺は『生きること』が幸せだと知った。

朝起きたら「おはよう」と言い、寄り添って本を読んで、手を繋ぎながら夕暮れの湖を眺める。

そして一日の最後は「おやすみ、また明日」と言って眠りにつくのだ。

なにげない日常のやり取りが幸福に思えるなんて知らなかった。

しばらく魔導書を読み耽《ふけ》っていたら肩の重みが増した。ちらりと見下ろすと、ミアが寝息を立てている。

イヴァンは彼女の髪に頬ずりすると、空いた手で飲みかけのグラスを指さした。

指先に魔力を集中したら、グラスがカタカタと揺れながら浮く。

——この腕輪で魔力は抑えこまれているが、塔にいた時みたいに封じられているわけじゃない。魔力消費が少ない魔法なら使えそうだ。せいぜい小物を動かす程度だが。

この五年、何もしていなかったわけではない。

屋敷に所蔵されている魔導書を読み漁り、魔力の制御法を習得しようとしている。

——俺の魔力は、たぶん物理的な魔法と相性がいい。物を破壊したり、移動させるのが得意だろう。一方で治癒や、自然物に干渉するような魔法は苦手だ。

魔力の微細な調整が必要になり、規模によっては詠唱や魔法陣も必要となる。

魔導書に記された手順どおり試したこともあるが、うまくいかなかった。

イヴァンは手首の腕輪を見下ろす。

——簡単な魔法でもいいんだ。この腕輪を壊すことができれば、ミアの足環だって外せるはずだ。

今の幸福は仮初《かりそめ》のものだ。

ヴェントリー侯爵の監視下にあり、自由ではない。

──俺が彼女を自由にする。そして自分の命に代えても守らなくては。

生きることは幸せだと教えてくれた、彼女だけは──。


ヴェントリー侯爵から二人同時に呼び出されたのは、それからまもなくのことだ。

警戒しながら研究塔へ向かうと、にこやかなヴェントリー侯爵が出迎えた。

「お待ちしておりました、イヴァン様。こちらへどうぞ」

侯爵はミアには声もかけずに、奥の実験室へ二人を導いた。

研究塔は灰色の石造りで、装飾がなく無機質な雰囲気だった。

実験室も殺風景で、天井がドーム型のだだっ広い空間。いつも床に魔法陣が描かれているはずだが、今日は何も描かれていない。

室内には魔導士のローブを纏った研究員が十人ほどいた。

彼らの共通点は『ヴェントリー侯爵家の魔法研究』に傾倒した者だということ。

その他に数人、上品なコートを纏った身なりのよい男たちがいたが、イヴァンの意識はすぐに逸れた。

俯きがちなミアを背後に隠し、ヴェントリー侯爵と対峙する。

「今日はいったい何をさせる気だ。魔力が必要なら、俺一人で十分だろう」

「そう警戒なさらず。いつものように研究にご協力いただきたいだけですよ。……それにしても、この数年で娘とずいぶん仲良くなられたようですね。あなたの顔つきもだいぶ変わられた」

侯爵が弓なりに細めた目で、ミアを一瞥する。

「大変結構ですよ。仲がいいほど今日の実験がやりやすくなります」

「見慣れない奴らもいるようだが？　あれは研究員じゃないだろう」

「ええ、陛下が遣わした王都の使者ですよ。先代の陛下が当家の研究に興味をお持ちになり、ずっと王家が援助してくださっていたのです。ただ、このたび『研究成果』を出さなければ援助を打ち切ると言われまして――」

侯爵はぺらぺらと話しながら意味ありげな視線をくれた。

「現陛下は先代の陛下とは違い、魔導士嫌いでいらっしゃいます。魔力を持つ者を脅威とみなし、魔法に恐れを抱いているようですね。魔導士は排除するべきという法案まで議会で通そうとしているとか」

『――一瞬で離宮を半壊させるとは、魔力を持つ者はかくも恐ろしいものなのか』

ウルティム王の台詞や態度を思い出し、イヴァンは思わず顔を歪める。

「この国には魔導士がたくさんいます。そんな法案が通れば、とんでもない事態になるでしょう。それを防ぐためにも魔法の有益性を示さなければなりません」

侯爵が研究員の男に目配せをして、ミアを連れて行こうとした。

「おい、ミアをどこへ連れて行くんだ！」

「どこへも連れて行きません。ミアの血を使うので、その準備をするだけです」

ヴェントリー侯爵がパチンと指を鳴らした瞬間、腕輪がきつく締まって、枷のような拘束具となった。

「っ……！」

「じっとしていてください。あなた様が暴れれば暴れるほど、拘束は強まりますよ」

その宣言どおり、もがくと腕輪がギリギリときつく締まり、鉛を乗せられたみたいに重くなって動けなくなった。

「イヴァン！　お父様、彼の拘束を解いて……！」

「お前はおとなしく従っていろ、ミア。騒いだり余計な真似をしたら、イヴァン様の腕輪が暴発するぞ。お前にとってあの方は大切な存在なんだろう？」

侯爵は硬直するミアの腕から血を採取して、その血で床に魔法陣を描いていく。

着々と準備が整っていくのを横目に、イヴァンは掠れた声で問いかけた。

「侯爵……いったい何の魔法を試そうとしているんだ」

「我が一族が長らく研究してきたこと――限りある命の人間を、不老不死にするための魔法ですよ」

「――は？」

耳を疑い、絶句した。

魔法は様々なことができる。触れずに物を動かし、人の治癒能力を高めたり、はたまた自然物を操ったりと、現実味がない奇跡まで起こすかもしれない。

だが『不老不死』は寿命のある人間の構造そのものを作り変えるということだ。

果たして、そんなことが可能なのか？

「あなた様は最初の被検体です。まがりなりにも王家の血を引く方ですから、成功すれば陛下も注目せざるを得ないでしょう。とはいえ大魔法ですので、魔法をかける側には命の危険が伴います。ただ、ご安心ください。私が娘をサポートしますから」

ヴェントリー侯爵は道化の仮面のような笑みを浮かべると、ミアに魔導書を見せて「この呪文を詠唱しろ」と促す。

「足環も外してやったから魔法が使えるぞ、ミア。魔法の使い方は練習してきただろう。詠唱したら、イヴァン様の拘束も解いてやる」

「――よせ、ミア！　もう、そんなやつの言葉は聞くな！」

必死に叫ぶと、父親に髪を引っ張られた彼女がこちらを一瞥する。

最後の一押しとばかりに「やれ」と頭を揺さぶられて、ミアは顔をくしゃくしゃにしながら「ごめんね」と口を動かした。

「だめだ、やめ――ッ」

ミアが弱々しい声で詠唱を始めると、血で描かれた魔法陣が赤く光り始める。

直後、イヴァンの全身に稲妻に打たれたかのような衝撃と激痛が走った。

「ぐ、っ……うう……！」

猛烈な吐き気がこみ上げて視界がぐにゃりと歪んでいく。

魔法陣から放たれた光にあたりが包まれて、研究員の歓声が上がった。

しかし、その直後――魔法陣の中心から強い振動が広がった。

眩《まばゆ》い光は瞬く間に収束して、激しい爆風とともに天井が吹っ飛び、青空が見える。

瓦礫の下敷きになった研究員の悲鳴と、地を揺らすほどの轟音が響いた。

「――あああああ！　何故だ、何故だ！　魔法が途中で消えてしまった！　これは失敗だ！　しかし詠唱は間違っていなかった、ミアの身体に溜めこんだ魔力も十二分に足りていたはず……まさか、被検体と魔法の相性が悪かったか？　いや、被検体の質で魔法の成否が左右されるようでは成功とは言えない……くそッ、再考して実験のやり直しをしなければ！」

瓦礫をどかしながら、ヴェントリー侯爵が半狂乱で叫ぶ。

イヴァンは全身の痛みと倦怠感でぜえぜえと息をしたが、不意に視界が翳った。

視線を上げると、あちこちすり傷を作ったミアがいた。

「イヴァン……」

「……ミア……今の、うちに……ここ、から……逃、げ……」

ミアはかぶりを振って、天井からパラパラと降ってくる瓦礫の破片から守るようにイヴァンに覆いかぶさった。ごめんねと囁き、喚き散らす侯爵の声が聞こえないよう彼の耳を塞いで、そのまま動かなくなる。

――やめろ、俺なんか守るな。今なら足環も外してある。ここから逃げてくれ……頼むから、こんな場所からは、早く――。

ひたすらそう祈ったが、ハサミで糸を断ち切られたみたいに意識を失った。


次に意識を取り戻した時、イヴァンは屋敷のベッドに横たわっていた。

日は暮れていたが、テーブルにランプが置かれていて薄明るい。

温もりを感じて目をやると、すり傷だらけのミアが隣で寝ていた。

子猫みたいにくっついている彼女を見ていたら、自然と涙が溢れてくる。

仮初の幸福に浸り、いつか外へ連れ出そう、なんて悠長に考えていた己の愚かさを痛感させられた。

その時、ミアが目を覚まし、イヴァンが泣いていると気づいて瞠目した。

「イヴァン、泣いているの？　……研究員が治癒魔法をかけていたけど、もしかして、どこか痛む？　それとも気持ちが悪いとか？」

違うんだと答える代わりにミアを抱き寄せる。

少し動くだけで身体の節々が痛んだが、構わず抱擁したら抱き返された。

「俺は、平気だ。ミアは大丈夫なのか？」

「大丈夫よ。少しだるいくらいで、実験も失敗したみたいだから……それより、お父様の言いなりになって、ごめんね」

「いいんだ。……俺のほうこそ、何もできなくてごめん」

——あの時、ミアを失うかもしれないと思ったら怖かった。以前の俺なら、自分が死ぬことさえ怖いと感じなかったのに。

今回はたまたま実験が失敗して生き延びた。

だが、次はどうだ？

理不尽な実験のせいで二人とも死んでしまうかもしれない。

——もう悠長に構えてはいられない。だけど、俺一人ではどうにもできない。

「なぁ、ミア。俺と一緒に、ここから逃げる方法を考えないか」

ヴェントリー侯爵は『実験をやり直す』と叫んでいたが、研究塔は半壊したから、失敗の原因がハッキリするまで少し猶予があるはずだ。

ミアは目を丸くしたが、覚悟を決めたように「うん」と首肯した。

「考えましょう」

「ああ。……だけど、考えるのは夜が明けてからにしよう。今は、もう少しだけ――」

無事に生き延びたということを実感したい。

続きを口にする代わりにミアを抱き寄せて、額をコツンと押し当てる。互いの温もりにほっと息をつくと、すぐそこに彼女の顔があった。

しばし見つめ合ったあと、ごく自然に唇を重ねた。

それは初めてのキス。身体が火照り、心臓の拍動がトクトクと速くなる。

落ち着けと自分に言い聞かせるが、細い腕がおずおずと首に巻きついてきたので我慢できなくなった。

勢いよくミアに覆いかぶさり、がむしゃらに口づける。

「っ、ん…ちょっと、待っ……」

「……ふ……ミア」

身体の痛みも忘れて夢中になりかけたが、控えめに背中を叩かれて我に返った。

「悪い……こんな強引なの、嫌だったよな」

「あっ、違うわ……！」

身を引こうとすると、赤面したミアが慌てたように抱きついてくる。

「嫌じゃないから……わたしも、イヴァンとしたい。キスとか、それ以上のことも」

「――それ以上の、こと？」

「そうよ……もっとイヴァンに触れてほしいって、本当はずっと思ってた」

「！」

「それに、わたしだって……あなたに、触れてみたい」

リンゴみたいに真っ赤な顔でそう言われたものだから、イヴァンはこみ上げる衝動のままにミアを抱きすくめた。

貪りつくように唇を奪い、ぎこちない手つきでネグリジェを脱がせていく。

一糸まとわぬ姿になったミアはきれいだった。あちこちにすり傷や打ち身があったが、肌は真っ白で、身体つきは女性らしく膨らみを帯びている。

ごくりと喉を鳴らして乳房を撫でると、しなかやな足がぴくんと震えた。

「あ……」

吐息交じりのあえかな声を聞いただけで呼吸が乱れて、下腹部が硬くなる。

初めてで行為の進め方が分からなかったから、とにかく優しく触れた。

「は……はっ……ミア」

「ふう……イヴァン……」

白い柔肌に吸いついて赤い花弁を散らす。身体はズキズキと痛むのに、それを上回る熱が腹の奥で渦巻いていた。

ミアも真似をして首を吸ってきたが、優しすぎてくすぐったい。

イヴァンは顔を綻ばせながら彼女の背に手のひらを這わせ、ふと視線を落とす。

ほのかな明かりのもと、背中に刻印された黒い模様が見えた——魔力のない人間に、外部から魔力を注ぐための魔法陣だ。

「背中のそれ……一度だけ、鏡を使って見たことがあるの。禍々しくて、ぞっとした」

洟《はな》を啜《すす》るミアの額に口づけて、慰めようと頭を何度も撫でてやった。

深閑とした屋敷には二人しかいない。

誰にも聞かれるはずがないのに声を抑え、吐息を交わすように数えきれないほどキスを交わす。

それは、きっと『情交』というにはあまりに稚拙な行為だっただろう。

互いを気遣って身体を繋げることはせず、ひたすら素肌に触れる。

たったそれだけの行為なのに、今まで体験したことがないほど心地よかった。

「ミア……温かくて、気持ちがいい」

「……わたしも、気持ちいい……イヴァン」

指を搦めて手を繋ぎ、拙いキスをして、何度も気持ちいいねと囁き合う。

――ああ、なんて幸せなんだろう。

ミアと出会ってイヴァンは変わった。

かつては誰にも必要とされず、生きる喜びすら知らず、自分が『孤独』であることすら分かっていなかった。

――ミアは俺の命だ。誰よりも大切な唯一無二の存在。

たとえ何があっても彼女のために生きよう。

この時、イヴァンはそう心に決めた。

空が白み始めた頃、隣で微睡んでいたミアが眠たげに話しかけてきた。

「ねぇ、イヴァンはウルティィム王の血を引いているの？」

「ああ、王位継承権のない庶子なんだ。お蔭で今まで生き延びた」

「他人事みたいに言うのね」

「俺はずっと疎まれてきたから。ウルティィム王を父と思ったこともない。それに、ここにいる時点で生まれなんてどうでもいいだろう。……ミアは気になるのか？」

瑠璃色の瞳を覗きこんだら、ミアは「ううん」とかぶりを振った。

「気にならないわ。ただ、そう考えるとイヴァンは『王子様』なんだなと思って」

「王子様、ね。君が好きそうな響きだ」

「ええ、おとぎ話に王子様はたくさん出てくるもの。ロマンティックな出会いもたくさんあって……この話、もっと聞きたい？　話してもいい？」

「はいはい。お好きにどうぞ」

「適当に相槌を打っているでしょ」

目尻を吊り上げるミアを宥めるように抱きしめて、いつものやり取りをする。

――きっと大丈夫だ。ミアと一緒なら、今後の打開策だって思いつく。

イヴァンの胸には希望が宿っていた。

自分だけなら、どうしようもないと諦めたかもしれないが、今は一人じゃない。

どんな難題でも二人で答えを見つけて、乗り越えられると信じたのだ。


しかし、実験の失敗から一ヶ月後。王の遣いと名乗る使者が屋敷を訪ねてきた。

「イヴァン様、お迎えに上がりました。陛下があなた様とお会いしたがっておられます。謁見が終わり次第、再びこちらへお送りしますので同行していただけませんか」

イヴァンは眉根を寄せて、同席しているヴェントリー侯爵をちらりと見る。

研究データの洗い直しをしているらしく、侯爵はやつれた様子だった。

――ウルティム王が俺と会いたいだなんて信じがたいが、今のタイミングで王都に呼ばれるのは裏がありそうだな。

数日前、ミアと交わした会話が蘇る。

ここから逃げ出す方法を探るため、ミアが顔見知りの研究員に頼み、高度な魔導書や研究レポートの一部をこっそり借りてきてくれた時のことだ。

『あの実験で王都から来た使者も重傷を負ったから、侯爵家の責任に留まらず、魔導士全体の問題になりかけているそうよ。このままだと、本当に魔導士排除の動きが起こってしまう。国王陛下も魔導士を嫌っているそうだし』

『そうなれば、真っ先にヴェントリー侯爵家は処分されるだろうな。魔法研究はもちろん魔導士の血筋として有名だから。自業自得ではあるが、俺やミアにまでその手が及ぶかもしれない。それだけは避けないと』

――侯爵家がどうなろうが構わないが、今後のためにも、ウルティム王の考えや王都の状況を把握しておくべきか？　それに俺が断わって王の不興を買ったら、余計に現状が悪化するかもしれない。

熟考ののち、イヴァンは頷いた。

「用件は分かった。だが、俺はこの腕輪のせいで敷地から出られないんだ。移動の際は外してくれるのか？」

「もちろんでございます。拘束もいたしません」

「――分かった。同行しよう」

使者とのやり取りはそれで終わり、翌日には王都へ発つことになって、ミアが屋敷の前まで見送りにきた。

「イヴァン。本当に大丈夫なの？」

「ああ。今後のためにウルティム王の考えや、世情も知っておいたほうが良さそうだからな。……俺が戻ってくる前に、色々と調べておいてくれ」

「分かったわ、任せて。気をつけてね」

ミアと抱擁しながら小声で話して、イヴァンは身を翻す。忌々しい腕輪を外してもらって馬車に乗りこんだ。

動き出す車窓から、遠ざかる湖と屋敷を眺める。

顔を顰《しか》めたヴェントリー侯爵の隣で、ミアはずっと手を振っていた。

――あっさり腕輪を外されたが、ミアがいる限り俺は逃げない。侯爵やこいつらもそれが分かっているのかもしれないが……拘束されないのは意外だった。

イヴァンは手のひらを見つめた。

――腕輪を外されたのも五年ぶりだ。魔力が体内を巡っているのが分かる。

魔力は血液のごとく循環し、枯渇すれば体内で生成される。

だが、それが体内で抑えこめないほどの魔力量であった場合、感情の昂ぶりに呼応して暴走してしまうことがあった。

それこそ、イヴァンが離宮を吹っ飛ばした時のように。

——ヴェントリー侯爵は『才能』と呼んでいたが、こんなの化け物みたいだ。

イヴァンは皮肉げに口元を歪め、馬車に揺られていたが——侯爵領を抜けきらないうちに馬車が停車した。

ドアが開け放たれて、甲冑姿の騎士に降りるよう促される。

「これより先は、こちらの枷をつけていただきます」

「拘束はしないんじゃなかったのか」

「それは侯爵領を出るまでの話です。王都まで、あなた様を拘束するようにと陛下から命じられております」

「話が違うな。俺は逃げたりしないし、拘束する必要は——」

そこでイヴァンは異変に気づいた。

周囲には民家があるのに住人の姿が見当たらず、武装した騎士の小隊が侯爵家の屋敷があるほうへ戻っていく。

「あいつらは何をしに行くんだ」

嫌な予感がして問いかけると、イヴァンの手に枷をはめた騎士が周りの騎士たちと目配せした。

「――王命により、彼らはヴェントリー侯爵家へ向かいます。一族全員を処罰せよと命令が出ておりますので。あなた様のみ、王都へお連れするようにと言われております」

一瞬で頭が真っ白になり、掠れた声で「処罰？」と訊き返した。

「はい。ご存じかと思いますが、陛下が侯爵のもとへ送った使者が重傷を負いました。その中には有力貴族の子息もおり、今も意識不明です。ヴェントリー侯爵家は、以前から危険な魔法研究をしていたという報告もあります。ゆえに此度の一件で、国家に危険を及ぼす可能性があるとして、陛下が決断を下されました」

ドクン、ドクンと心臓が鈍い音を鳴らす。足の先から悪寒が這い上がってきた。

イヴァンは絞り出すように尋ねる。

「処罰というのは……何を、される？」

「危険とみなされた魔導士の処罰は法で決まっております。――火刑にせよ、と」

気づいたら、騎士の剣を握りしめて林道を走っていた。

ミアの身に危機が迫っていると分かった瞬間、恐怖と怒りで目の前が真っ赤になって、その先の記憶はない。

我に返ると騎士たちが血まみれになって倒れていて、イヴァンは両手の枷を引き千切り、無傷で佇んでいた。

離宮を吹き飛ばした時と同じく、爆発が起きたみたいに地面は抉れていたけれど、彼はすぐに近くにあった剣を拾ってミアのもとへ走り出した。

「……はぁっ……はぁっ……」

屋敷までは距離があったが、必死に駆け続けると湖が見えてくる。

あたりは妙に焦げ臭く、生い茂った木々の向こう側で火柱が上がっていた。大規模な火事が起きているのだろう。

「くそ、ッ……ミア……ッ！」

ようやく湖畔《こはん》に辿りついたが、ミアと暮らした屋敷は炎上して屋根が落ちていた。

「ミア……！　どこだ！」

近くの湖畔や屋敷の周り、裏手の森も捜し回ったが、どこにも彼女はいない。屋敷に火をつけたであろう騎士たちの姿もなかった。

――まさか、もう屋敷の中で……！

ぶるりと身震いした時、研究塔のほうが騒がしいと気づき、急いで向かった。

近づくにつれ、騎士たちの野太い声に重なって「熱い、熱い」「火をつけないで」と耳を塞ぎたくなるような叫びが聞こえる。

まもなく辿り着いた研究塔の庭先で、イヴァンは磔《はりつけ》にされて火をかけられているヴェントリー侯爵一家を見つけた。

血まみれの侯爵だけでなく、会ったことのない侯爵夫人やミアの兄姉と思しき者たちも全員火あぶりにされて、泣き喚いている。

阿鼻叫喚の中、ミアも端っこで磔になり、すでに炎に巻かれていた。

「あぁ……ミアッ！」

イヴァンはなりふり構わず業火の中へ飛びこんだ。熱さに歯を食いしばり、ミアを縛りつけている縄を剣で切る。

ぐったりとする彼女を炎の中から引きずり出し、取り押さえようと駆け寄ってきた騎士たちに向かって叫んだ。

「こっちへ来るな！」

無我夢中で腕を振り回すと、炎上して崩れ落ちた研究塔の壁が浮き上がり、騎士たちに向かって勢いよく飛んでいく。

何かが潰れる音がして、悲鳴や怒号が飛び交う。

何が起きているのかも分からないまま、イヴァンはミアを抱きかかえて駆け出した。

走って、走って……屋敷の裏手にある森の中で力尽きて、がくりと膝を突く。

腕の中を見ると、ミアが薄目を開けていた。

「ミア、ミア……」

「……イヴァン……戻って、きてくれたの……？」

「ちくしょう……ちくしょう……俺のせいだ……間に合わなかった……っ」

「そんなこと、ない……こうして……助けて、くれたじゃない」

受け答えはできるようだが、彼女の身体には重度の火傷があった。

特に、炎にさらされていた足はもう――。

――俺がもっと早く来ていれば！　いや、王命なんかに従って、ミアの側を離れるべきじゃなかったんだ……！

口惜しさと悲しみで涙がぼろぼろと溢れてきた。

ミアも足のほうを見やり、自分の状態を悟ったらしく諦念《ていねん》の息を吐く。

「イヴァン……追手が来る前に、逃げて……わたしはもう、動けない」

「嫌だ、逃げない。君の側にいる」

もしミアを失ったら、その瞬間にイヴァンの心も死ぬ。生きている意味もない。

拙い口づけをして、身も世もなく泣きじゃくりながら抱きしめたら、背中をそっと撫でられた。

「……ねぇ、イヴァン。わたしの足環……今は、外せる？」

促されるまま確認すると、何故か足環がひび割れていた。おそるおそる触れたら、パキッと音を立てて外れる。

「足環が、割れた……」

「魔法具だから……作ったお父様が、死ねば……外れるの」

吐息のように呟き、ミアがゆっくりと目を閉じた。

「聞いて、イヴァン……ヴェントリー家は……ずっと、不老不死の魔法を研究していた……失敗した魔法とは、違う魔法があるらしくて……」

「違う魔法？」

「そう……研究レポートに、書いてあった……同じ魂、同じ身体、記憶を持ったまま……生まれ変わることで、不死になるって、考え方……」

ミアの声がどんどん小さくなっていき、イヴァンは耳を近づける。

「……でも、実際は死ぬってことだから、実験できなかったみたい……その魔法なら……わたしたち、お互いを覚えたまま……一緒に、生まれ変われるかも、しれない」

「っ！」

「念のために、調べて……詠唱の呪文も、覚えておいた。逃げられなかったら、使ってもいいかなって」

魔法陣を描く時間はないんだけど、と彼女が口元を綻ばせた。

「……魔力も、足りないし……わたしは、本物の魔導士じゃない。また、失敗するかもしれない……だけど……試すだけなら、できる」
イヴァンは頬を伝い落ちる涙を拭い、ミアの手を握りしめる。
「うん。それを試してみよう」
魔法は奇跡みたいなことを可能にするが、イヴァンは忌々しい力だと思っていた。
しかし、ここで何もできずに看取るよりは、小さな可能性であっても縋りたい。
それに一緒に生きられるなら、どんなかたちでも構わないのだ。
ミアが破顔して、すうっと息を吸いこむ。弱々しい声で詠唱が始まった。
イヴァンは自分の魔力を分け与えるように彼女の手を握って祈った。
どうか、一緒に生まれ変われますように。
生まれ変わったら、また彼女と出会えますように。
その時は、今度こそ誰にも邪魔されずに、二人で生きられますように。
詠唱が終わると同時に、視界が真っ白に染まっていく。
「――大好きよ、イヴァン」
「――俺も、ミアが大好きだよ」
夜におやすみと挨拶を交わすみたいに、またね、と顔を寄せて囁き合った。
ミアと過ごした日々の記憶は、そこで途切れている。

第五章　蜜月の檻に閉じこめよう

長い話が終わる頃にはすっかり夜が更けていた。

何か言わなければと思うのに、ミーリアは声が出なかった。

ツギハギだらけだった記憶が繋がって、そういうことだったのかと合点がいく。

語りを終えたアレクシスは口を噤み、テーブルのランプを見つめたまま動かない。

やがて言葉の代わりに零れたのが涙だったから、急いで顔を伏せたものの、アレクシスの腕が伸びてきて抱擁された。

「悪い。一気に話すべきじゃなかった」

「……ううん……でも、今は……何も、言えなくて……」

「いい。しばらくこうしてるから」

髪を撫でる手の優しさに、また涙が溢れてきた。

ヴェントリー侯爵家の家族のことは思い出せない。

どんな扱いを受けていたのかも、彼が語ってくれたこと以外は分からなかった。

ただ、イヴァンとの交流が心の支えになっていたのは明白で、他の記憶をすべて失ってもそれだけは忘れなかった。

――わたしは彼と一緒に生きたかったんだわ。

だから最後まで足掻いて、成功するかも分からない魔法を試した結果、今ここにいる。

イヴァンに会いたい。幼少期から抱いていた強烈な願望も、一緒に生きたいという想いがそれほど強かったからだろう。

涙が止まった頃に顔を上げたら、アレクシスの指が目尻を撫でていく。

「泣きやんだか？」

その声がひどく優しくて、頷いたそばから涙がぽろりと落ちた。

彼がまた指で涙を拭いとってくれて、例の意地悪そうな笑みを浮かべる。

「涙腺がゆるゆるだな」

「……ええ、そうね……アレクシス」

「ん？」

「話してくれて、ありがとう」

「……どういたしまして」

アレクシスはミーリアを抱きかかえて、泣き疲れて眠るまで頭を撫でてくれていた。

◆

夜の帳《とばり》が下りている。寝ついたミーリアを抱えて、アレクシスは屋敷の廊下を音もなく歩いた。

寝室に到着し、そっとベッドに寝かせてやった時、窓に視線が吸い寄せられる。

いつの間にか窓が開いていて、その縁に黒いカラスが一羽とまっていた。

アレクシスはこれみよがしに渋面を作った。

「またか、鬱陶しい、私の前に現れるな」

【ノルディス公爵。どうか、お話をさせていただきたい】

以前と同様にカラスが嘴《くちばし》を動かし、しゃがれた声で話しかけてきた。

追い払おうとして手を持ち上げたが「お待ちください」と制止される。

【私はただ、お伺いしたいことがあるだけなのです】

「うるさい」

【ヴェントリー侯爵家が研究していた魔法の件で】

ぴたりと動きを止めたら、カラスが羽ばたいて近くのテーブルにとまった。首を動かしてベッドのほうを覗きこむ。

【侯爵家の末娘が使った魔法のことも、私は知っております】

「……婚礼の直後は気づかなかったが、お前、女を操ってミーリアを狙ったな。王太子の魔法陣にも細工した」

【いかにも。そうでもしなければ、公爵は私と話をしてくださらないでしょう】

「黙れ、ミーリアを狙ったことは許さない。いずれ、私のほうからお前を消しに行く」

カラスがそれ以上、不愉快なことを言う前に手を翳《かざ》した。

【お待ちください。私はあの魔法を――】

アレクシスが手をぎゅっと握りしめる動作をすると、カラスが黒い影となってかき消える。魔力で造られた使い魔なのだろう。

――鬱陶しい使い魔だ。

魔力の痕跡を追いかけようにも、あっという間に消えてしまった。

アレクシスは破壊や移動といった物理的な魔法が得意だ。

しかし、探知能力には長けていない。

使い魔のカラスはこれまでにも現れたが、その主人は警戒心が強く、自分の居所を悟らせまいと巧妙に痕跡を消している。

――私を追いかけ回すのは、ヴェントリー家の研究について訊きたいからか。

どうせ永遠の命とやらに憧れる魔導士の仕業だろう。話す価値もない。

これまでも無視に徹してきたが、今後もその対応でよさそうだ。

——ただ、ミーリアからは目を離さないほうがいい。

また狙われる可能性がある。ゲルガーについても同様だ。

孤独を抱える王太子はアレクシスに妄信的で、ミーリアのことも慕っている。

次期国王になるなら、今のうちから懐柔しておいても損はない。

——しかし、それで王太子が狙われた。いちいち面倒なことをしてくれる。

近いうちに片を付けるかと結論を下し、アレクシスはしっかりと窓を閉めると、指を振って魔法を使い、ミーリアをネグリジェに着替えさせてやる。自分も寝間着に着替えてから彼女の隣にもぐりこんで腕枕をした。

——ミーリアは柔らかくて、温かいな。

この温もりを取り戻せたことが奇跡に思える。

しばらく安全な場所に閉じこめておきたいくらいだ。

——実際にそうしようか。

暗闇を眺めながら無表情で考える。

どうせ一ヶ月は領地に留まる予定だった。

ミーリアの好きなように過ごさせてやるつもりでいたが、彼女はもうアレクシスの妻なのだ。いっそ屋敷から出さずに囲ってしまえばいい。

隣で寝入っているミーリアを見つめてから、薄らと開いた唇にキスをする。

何度か甘嚙みして、彼女の口内に舌をそっと挿し入れた。

――安全なところに閉じこめて、ついでに私のものだと教えこもう。

悲しみなんて忘れるくらい、とろとろに甘やかして離れられないようにするのだ。

「ん……ふ……」

吐息を零したミーリアの頰を撫でながら口の中をぐるりとかき混ぜていく。

一方的にキスをしていたら強烈な衝動がこみ上げた。

もっと欲しい。

もっと抱き合いたい。

だって、もう彼女と身体を繫げて得られる快感と充足感を知ってしまった。

枯れ果てた砂漠でぎりぎりまで我慢していたのに、水を一口飲んだら、もっと喉が渇くのと同じだ。

ひとたび知ってしまえば歯止めなんて利かなくなる。

「っ……は……」

アレクシスは唇を離して、ドクドクと高鳴る胸に手を当てる。

あっという間に下腹部が硬くなり、今すぐミーリアの中にそれを埋めて、奥深くで放ちたくて仕方なかった。

「……う……アレク、シス……」

ミーリアが寝心地のいい場所を探して、腕の中へもぐりこんでくる。

あまりに無防備だから、アレクシスはぴくりと指を動かした。

──ここで起こして、泣く暇なんてないくらい抱いてしまおうか。

彼女がどれだけ懇願してもやめずに、甘いキスと愛撫で攻め立てて、前後不覚になるまで快楽の底へ叩き落とす。

婀娜《あだ》めいた嬌声《きょうせい》の合間に、彼の名を呼んで達するミーリアを想像しただけで、身震いするほど興奮した。

痛いほどに張りつめた下半身が実行したがっていたが、今は想像だけに留めておく。

ミーリアは前世の出来事を知ったばかりで、泣き疲れて眠っているのだ。

一晩ゆっくり休ませて、目が覚めたあとで睦み合おう。

──こんなの、まるで盛った獣だな。

彼女の望みを何でも叶えて幸せにしてやりたい。

そんな想いとは裏腹に、今のままでは全然足りないとも思う。

急激に膨れ上がった情欲と歪んだ願望も、誰にも渡さないという執心も、もはや隠しきれないほどに肥大しつつある。

アレクシスは身体の火照りを持て余しながらミーリアの髪に頬ずりをした。

「愛している、ミーリア」

癒してやりたい。慰めてやりたい。かわいがりたい。ひたすらに甘やかしたい。

しかし、同時に欲深い衝動のまま貪ってしまいたい。

混在する感情に苛まれて頭がおかしくなりそうだ。

――いいや、違うか。

ミーリアの美しい銀髪を指で掬い上げた。繊細な髪が指の隙間をすり抜けて、摑めない砂みたいに流れ落ちていく。

――私はもうとっくに、おかしくなっている。

ひどく渇望していた。

だから、早くこの渇望を満たしてほしいのだ。

◆

夜明け前に目が覚めた。ミーリアは隣にあるアレクシスの寝顔を眺めてから、静かにベッドを出た。窓に近づいてカーテンを開ける。

黎明の空は群青色。まだ星が瞬いていたが、山際から薄水色に変わりつつある。

昨夜たくさん泣いたお蔭なのか、心はすっかり落ち着いていた。

窓からは湖が望めて、対岸にある廃墟も見える。

今なら、あれが何の残骸なのか分かる。

魔法の研究が行なわれていた研究塔で、ヴェントリー家が火あぶりにされた処刑場。

屋敷は跡形もないが、石造りの塔は廃墟として残ったのだろう。

——昨日、あれを見て腰が引けてしまったのは、わたしにとって因縁のある場所だったからなのね。

思えばゲルガーが魔力を暴走させた時、魔法陣の中で蹲るアレクシスを見て、足がすくんでしまった。

あれは、実験を失敗した時と重なったからなのかもしれない。

ミーリアは振り返り、ベッドで眠るアレクシスを見つめた。

——彼と一緒に生きたい。それがわたしの願いで、今も変わらない想い。

前世で何があったのか知った上で、彼女の胸には改めて決意が宿っていた。

——わたしは、これからも彼と共に生きていきたい。

まだ混乱は残っているが、その想いだけは揺るがない。

再び窓の外へ目を向けたら、先ほどよりも空が明るくなっていた。ほどなく淡い橙色を帯びて、湖が朝焼けに染まっていく。

眩しい日の出まで見届けてからベッドへ戻ると、アレクシスが薄目を開けていた。

「おはよう。もしかして起こしてしまった？」

「……おはよう。いま起きたところだ」

肌寒かったので隣にもぐりこんだら、すかさず彼の腕が巻きついてくる。

「目が少し腫れているな」

「ええ、泣いたから」

「腫れが引くように魔法をかけようか」

不思議と洒落た台詞に聞こえて、ミーリアは笑って「ううん」とかぶりを振った。

「魔法は使わなくていいわ。放っておけば腫れも引くから」

「分かった。今の気分は？」

「だいぶ落ち着いたわ」

「そうか」

「でも……自分のこともそうだけど、イヴァンの生い立ちには驚いた。ウルティム王の血を引いていたのね。そこまで覚えていなかったから」

「王の血を引くといっても、厚遇されていたわけじゃない。当時、跡継ぎの王子が一人しかいなかったから、その身に何かあった時のためだけに生かされていた」

ミーリアとしての過去と重なる部分があり、神妙な面持ちになってしまったが、アレクシスが続けた言葉で肩の力が抜ける。

「イヴァンが王の庶子だからといって、君の見方は変わらないだろう」

「……ええ。変わらないわ」

アレクシスの背に腕を回して、ミーリアはふうと息をついた。

「なんだかこう、穴が埋まった感じがするの」

「穴？」

「わたしの記憶は断片的で、それこそ穴だらけだったの。だけど、何があったのかようやく知ることができたから」

耳を傾けてくれるアレクシスにくっつき、吐息交じりに囁く。

「記憶が欠けてしまったのはどうしてなのかしら。あなたは覚えているのに……わたしが本物の魔導士じゃなかったせい？」

「分からない。だが、結果的に君は今ここにいる。失敗して、記憶まで引き継げなかったとか」

「……そうね。そのとおりよ」

物憂げに首肯すると、アレクシスが頭を撫でてくれた。

甘やかすような優しい手つきだったから、ひとりでに顔が綻ぶ。

「わたしね、子供の頃から『イヴァンに会いたい』って、それを支えに生きてきたの。一緒に過ごした日々を夢で見ていて、つらくても耐えられた」

「…………」

「だからアレクシスと会えた瞬間、本当に夢じゃないかって思ったわ。それこそ運命の再会みたいな出会い方で――」

そこまで話して、ふと口を噤む。

――いま考えると、偶然にしてはすごい確率よね。

あんなタイミングで出会えるなんて奇跡に近い。

それに、アレクシスはミーリアほど驚いていなかった気がする。

「……もしかして、初めて会った時、アレクシスはわたしが来ることを知っていたの？」

「なんでそう思った」

「偶然にしてはすごいなと思って。あなたもわたしのもとへ一直線に来たでしょう」

彼が少し考えるそぶりをして、ミーリアの腕をぐいと引っ張った。

仰向けになったアレクシスに乗り上げる体勢に変えられて、目を覗きこまれる。臆さずに見つめ返したら、彼が静かな口調で告げた。

「ミーリアのことは知ってた」

「いつから？」

「君の姉……現王妃とウルティム王の婚約が決まる前だ。ルドラドを訪ねるウルティム王に同行した際、君の存在を知ったんだ」

確かにその頃、ウルティム王が秘密裏にルドラド王国を訪問していた。

フラヴィアとの顔合わせも兼ねていたが、まだ婚約が正式決定ではなく、人払いをされたのでミーリアは同席しなかったのだ。

だが、ウルティム王一行は城内に滞在していたし、アレクシスもそこでミーリアを見かけたのだろう。

「一目で君だと分かったが、その場で声をかけるわけにいかなかったからな。侍女として同行すると知って、待っていたんだ」

「そういうことだったのね」

アレクシスは銀髪をするりと撫でると、その手をミーリアの首に這わせた。

指の腹で肌をなぞられて、ぞくりと甘い痺れが走る。

「っ……」

「それで、君を妻にするために口説いた」

「……イヴァンとずいぶん違う雰囲気で、戸惑ったのよ」

「だが、ちゃんと今の私も好きになってくれた」

アレクシスの指が鎖骨のあたりへ下りていく。

ネグリジェの襟をくいと引っ張られたから、ミーリアはぴくりと肩を揺らした。

「もっと好きになってくれ。イヴァンに勝ちたい」

「イヴァンはあなたでしょう」

「イヴァンの話をする時、君は嬉しそうだ。少し、妬ける」

「まさか、自分にやきもちを焼いているの？」

「ああ。悪いか？」

いきなり後頭部を引き寄せられて首を甘噛みされた。続けざまに強く吸われて、薄い歯形と鬱血痕をつけられてしまう。

「あっ……」

「君はイヴァンのほうが好きなのか？　私のことは？」

「アレクシス。いまさら、そんなこと……」

「答えてくれないと悪戯する」

ネグリジェの襟を引き下ろされて、彼の唇が鎖骨に触れた。

「早く答えないと、次はここだ」

柔らかい舌の感触があり、更に下のほうへとゆっくり移動していくのを感じて、ミーリアは首まで赤くなりながら告げる。

「イヴァンのことは好き。……だけど、アレクシスのことも大好きよ」

前世で唯一無二の存在だったイヴァン。

今世で出会い、ミーリアの心を解きほぐしてくれたアレクシス。

どちらも同じ人物なのだから比べようもないが、二人とも好きなのは確かだ。

これで許してと付け足した瞬間、視界がぐるりと半回転した。押し倒されて、アレクシスがのしかかってくる。

「っ、アレクシス……んっ！」

がぶりと唇に齧りつかれて、しばらく言葉を発せなくなった。

淫らな口づけによって力が抜けた頃、彼が口元を拭って顔を離す。

「私も、ミーリアが大好きだ」

「……うん」

「だから、もっと君を愛したい。抱いていいか？」

ミーリアは包み隠さない誘い文句に目を丸くして、窓をちらりと見る。カーテンの隙間からは朝日が射しこんでいた。

明るいところで抱かれるのは恥ずかしいが、初めて肌を重ねた夜から日が空いていて、夫の誘いを断わる理由もない。

――それに、彼の温もりは安心する。

悲しみや複雑な感情も、アレクシスと触れ合えば癒されるだろう。

ミーリアが頷くやいなや、彼が自分の寝間着を脱ぎ捨てて、ネグリジェの裾に手を差し入れてきた。

「あ、っ……あぁ、っ、あ……」

ベッドの上で延々と揺さぶられている。

アレクシスの荒い息遣いが耳に吹きかけられた。

「ミーリア……ミーリア……」

彼がうつ伏せになったミーリアに覆いかぶさり、胸の膨らみを揉んできた。

弄られすぎて赤くなった頂をくりくりと捏ねられると、濡れそぼつ女陰をきゅっと締めてしまう。

雄芯もきつく締め上げられたのか、アレクシスが感じ入った声を漏らす。

「はぁ……ミーリア……今の、気持ちいい」

「っ、ん……あぁ、あ、あ……」

堪らないとばかりにずんっと奥を突かれた。

硬い亀頭で腹の奥を抉られた瞬間、甘美な刺激が駆け抜ける。

「ふっ、あ……アレク、シス……ッ……あ……」

ミーリアは羽毛の枕に頬を押しつけて、朦朧《もうろう》としながら思った。

――これは……いったい、いつ終わるのかしら……。

彼との情事は一度で終わらなかった。

朝からくたくたになるまで抱かれて寝落ちしたが、午後に目を覚まして、食事をしたあとに再び押し倒された。

それを繰り返し、合間に夕食をとって湯浴みをした記憶はあるので、今は夜更けなのかもしれない。

いつの間にか明かりが消されて、薄闇の中でひたすら淫蕩に耽っている。

暗くて視界が狭いぶん、ぐちゅっ、ぐちゅっとぬかるんだ音が大きく聞こえた。

みだりがましい音に恥じらう暇などなく、アレクシスが背中に乗った体位でしつこく腰を押しつけてくる。

同時に乳房をもみくちゃに揉まれて、また敏感な頂を捏ねられた。

「あぁあ、あーっ……」

「は……ふ、っ……ミーリア……」

パンッと臀部にアレクシスの太腿がぶつかって、深いところを突き上げられる。

その衝撃で快楽の果てへと至り、脳が痺れるほどの心地よさに包まれた。

「ひ、っ……あぁッ……！」

「また、締まった……気持ちいいか？」

「は、っ、あ、ぁ……きもち、い……っ」

もう何度目か分からない絶頂で大きな震えが走る。

首を仰け反らせて達していると、アレクシスが動きを止めた。

番いを捕らえた雄の獣みたいにミーリアのうなじを甘噛みし、熱っぽい声で囁く。

「愛してる、ミーリア」

「……あ……はぁ……」

ミーリアも応えたくて口を開くが、息が乱れていて掠れた吐息しか出ない。

アレクシスが熱杭を深く埋めたまま、シーツに繋ぎとめるように両手を摑んできた。

「君だけが……私を、ただの男にする」

耳の後ろやうなじにまでキスをされ、指を搦めながら手を握られた
「愛する人を、どれだけ抱いても満たされない……またすぐに、欲しくてたまらなくなる
……そんな、欲深いだけの男に……」

掠れた重低音。搦み合った鎖のごとく両手を繋がれて、彼の重みで動けず、心に直接刷りこむように睦言を吹きこまれる。

ミーリアはかすかな吐息を漏らした。

深い愛情を感じる一方で、見えない檻に閉じこめられた心地になった。

捕まったら最後、あとは彼が満足するまで解放されることはない。

こんな愛され方は知らない。

初めて睦み合った夜は、甘ったるくて初々しい営みだったはずなのに。

——あれ、だけど……本当にそうだった……？

不意に、抱かれた直後のアレクシスの様子がおかしかったのを思い出した。

美しい眼の奥にあった、濁りと淀み——。

「……アレク、シス……」

か細い声で名を呼んだら、アレクシスが緩慢に半身を起こした。

しかし返事はなく、ぐったりとベッドに身を投げ出すミーリアの腰に跨《また》がる体勢になって、柔らかな臀部を摑んでくる。

「——まだ、足りない」

抑揚のない低い呟きに、ミーリアは目を見開いた。

待ってくれと制止する間もなく、アレクシスが動きを再開する。

「あ、っ、ああ、あ……」

すでに溢れるほどに子種が注がれているのに、彼は尚も奥へと注ごうとするかのように男根を穿ち続け、やがて呻き声とともにどくどくと吐精した。

「ん、っ……」

「ふっ、あぁ……あ……」

ゆるゆると腰を押し上げられて、残滓《ざんし》まで余すことなく注がれながら、ミーリアは重たい瞼を閉じる。

ベッドが余韻でキシキシと揺れていた。汗と体液でぐちゃぐちゃで、湯浴みをしたいと思うのに手も足も動かない。

気を失いそうになっていると、たっぷり愛された花唇から萎えた陰茎が抜けていく。

仰向けに返されたので、ミーリアはアレクシスに手を伸ばした。

「アレクシス……」

「ここにいる」

彼の肩に触れて、そのまま手のひらを顔へと持っていく。

この間みたいに暗く、淀んだ目をしていないか知りたくて自分のほうに引き寄せた。

だが、薄暗がりではどんな表情なのかまでは分からない。

ミーリアが憂いの吐息をつき、おとなしいアレクシスの頬にキスをすると、彼が唇を齧り返してきた。

「ミーリア……もう少し、したい」

あれだけしても足りないのかと瞠目したら、アレクシスがゆっくりと離れた。

ミーリアの身体をなぞり、その手をさんざん嬲っていた足の間に滑りこませて、白濁液を溢れさせる秘裂に指を入れる。

静粛な室内に、ぐちゅり、と音が響いた。

「っ……あ……」

思わず膝を閉じたが、アレクシスは構わずに子種をかき出すように指を動かす。

さっきまで太い逸物を押しこまれていた蜜洞をほじくられて、落ち着いたはずの熱が再燃しそうだったから、ミーリアは膝をこすり合わせた。

両手で赤面を覆い、びくびくと震えてしまう。

「ふ、っ、う……う……」

「……これくらいいか」

ある程度、内側をかき混ぜてきれいにしたあと、アレクシスが身体の位置を変えた。

ミーリアの足を開かせて、ためらいなく秘部にしゃぶりついてくる。

「ひっ、待って……今は、だめっ……」

「しーっ……君は感じていればいいから」

管理人夫婦やメイドは帰ってしまい、夜の屋敷には二人きり。

誰も聞いてはいないはずなのに、アレクシスは子供を宥めるみたいに注意して秘密の愛撫を始める。

膨らんだ秘玉を舌でころころと転がされて、綻んだ蜜口をちゅうっと吸われた。

「やぁっ……アレクシス……やめ、っ……あっ、あ……」

容赦のない愛撫と、果てのない快楽。

とっくに身も心も明け渡しているのに、もっとくれ、もっとよこせとアレクシスは求めてくる。

ミーリアの思考能力は糖蜜のごとく溶けきって、もう何も考えられない。

「あ、っ、あ、ああ、あ」

たえまなく嬌音が零れた。陰核への刺激と、指による疑似的な挿入がひたすら続く。

とろりと溢れた愛液まで舐めとられ、理性も意思も何もかも奪われていった。

それこそ前後不覚になるまで肌に吸いつかれて、齧られて、すべてを食われていく。

気が遠のくほどに愛でられて呆けていると、薄闇の向こうから話しかけられた。

「――私のものになったと、身体で覚えてくれ」

アレクシスの指がしっとりと濡れた肌を這っていく。

触れ方は優しいはずなのに、この指先が生み出す快楽はいっそ無慈悲で、全然優しくないとミーリアは思った。

「ここに触れていいのは、私だけ」

指が胸元を伝って下腹部へと下りていく。

足の付け根をくすぐられて、秘められた場所までするりと撫でられた。

「この奥に入っていいのも、私だけ」

甘いキスとともに、彼の低い美声が降り注ぐ。

「他の誰かに触れさせたら許さない。そいつを消して、君は一生、私しか入れない場所に閉じこめる」

アレクシスの声色は一定だった。だからこそ凄みがあって本気だと伝わってくる。

——重い……。

愛も、言葉も、何もかも重すぎて息ができなくなりそうだ。

やっぱり、こんな愛され方は知らない。

——初めての夜は、もっと甘くて……泣いてしまうくらい幸せに抱き合った気がするのに……。

短期間で、アレクシスにどんな心境の変化があったというのだろう。

ぼんやりしていると、アレクシスが髪を撫でてくれた。その手つきにほっと息をつく。

イヴァンとミアだった頃から、彼に撫でられると安心するのだ。

「ミーリア。分かったか？」

「……わかったわ……」

「声が眠そうだ」

「ねむい……」

「じゃあ、寝るといい。側にいるから」

前世のイヴァンは愛情表現が拙かったが、純真な愛を注いでくれた。

アレクシスも同じ人のはずなのに、向けられる愛の重さや、その中身が違う気がする。

——どうしてなのかしら。

その時、あることに思い至った。

彼女が不遇な扱いをされても諦めず、自分を殺してでもフラヴィアのもとで生きてきたように、アレクシスもノルディス公爵の子息としての生い立ちがあるはずなのだ。

けれども彼はイヴァンだという考えが念頭にあり、本人も『アレクシス・ノルディス』について語りたがらないので深く訊いていない。

もしかしたら印象の違いは、アレクシスの生い立ちが関係しているのだろうか。

そこまで考えたところで眠くて目を開けていられなくなった。

——いずれ話してくれるだろうし……わたしは、イヴァンもアレクシスも好き……何があっても、それは変わらない。

ミーリアは瞼を閉じて、髪を撫でるアレクシスの手に触れた。

大きな手のひらを自分の頬に持っていき、甘えるようにすりすりと押しつける。

「ねぇ、アレクシス……ずっと、一緒にいてね」

どれだけ愛が重くとも、彼は大切な人だ。

会いたくて、会いたくて、ミーリアはそれを支えに生きてきたのだから。

限界が訪れてうとうとし始めたら、夢うつつの狭間で声がする。

「そんなこと言われたら、また君が欲しくなる……なぁ、ミーリア。閉じこめて、独占してもいいか？　もう私のものだし、構わないよな」

最後のほうは脅迫めいた声色だったが、疲労と睡魔に負けてしまったので自分がなんて答えたかは分からない。


――久しぶりに前世の夢を見た。

ここ最近はあまり見なくなっていたが、例の悲しい夢だった。

『ミア、ミア……』

柔らかな蜂蜜色の髪と、黄金色の瞳の少年――イヴァンがこちらを見下ろしている。

『ちくしょう……ちくしょう……俺のせいだ……間に合わなかった……っ』

そこは鬱蒼とした森の中だ。木々の向こうが明るくて焦げ臭いのは、侯爵家の屋敷や研究塔が燃えているからだと今なら分かる。

泣きじゃくるイヴァンを見上げて、ひどい無力感に駆られた。

『イヴァン……』

――わたしたちはまた出会えるわ。だからそんなに泣かないで。

口をパクパクと動かしても声にならない。

ミーリアはイヴァンの拙い口づけを受け入れながら視線を巡らせた。

焦げ臭さが漂ってくるほう……森の向こうに赤い火柱が見える。

あそこでは彼女以外のヴェントリー一族が磔にされて、凄惨な火あぶりになっているのだろう。

——これは、なんて恐ろしくて、悲しい夢なの。

経緯を知ったから、これまでと違った意味での涙が溢れてくる。

こんな恐ろしい夢からイヴァンを連れ出してあげたくて、ろくに動かない腕を持ち上げて彼を抱きしめた。

——早く覚めて……早く、早く……！


心地よい朝の風が頬を撫でていき、悲しい夢から覚めた。

「う……」

意識を取り戻し、目を開けると白いシーツが見えた。

ミーリアがのろのろと起き上がると、毛布が素肌を滑り落ちていく。

「アレクシス……？」

朝日の射しこむ室内をぐるりと見回すが、彼の姿はない。

――どこへ行ったのかしら。

寝泊まりしている部屋は、前世でミーリアが使っていた私室を模してあった。

二人で使っても手狭にはならず、テーブルや大きなカウチが置かれて、浴室とお手洗いもある。

自然とドアに目をやり、ミーリアは眉根を寄せた。

『――閉じこめて、独占してもいいか?』

アレクシスはあの言葉を実行した。ドアに鍵穴はないが、ミーリアがドアノブを回しても開かないようにしてしまった。おそらく魔法で閉ざしているのだろう。

だから一人では部屋の外に出られず、しばらくアレクシス以外の人と話していない。

考える暇もないほど抱かれて、食事や用を足す時以外は彼の腕の中にいた。

――これって、軟禁されているわよね。

運動のために散策する際も、アレクシスは片時も側を離れなかった。

彼の独占欲の強さがひしひしと伝わってきたが、いくらなんでも限度があるだろうと火照った顔を逸らし、毛布で肌を隠す。

抱かれて、寝て、起きたらまた抱かれる……そんな毎日だから、すでに日時の感覚はおかしくなっていた。

――そろそろ一ヶ月、経つ頃かしら。

ミーリアは頬を撫でる風につられて窓に目をやった。

広い室内は明るく、開け放たれた窓から涼しい風が入ってくる。レースのカーテンが風にたなびいて揺れていた。

ウルティム王国の東部にあるこの土地は湿気が少なくて、年中暖かいらしい。

乾燥するため感染症は流行りやすいが、暮らしやすい気候だとアレクシスが寝物語に話してくれたことがある。

ミーリアは吐息をついてベッドを出ようとしたが、自分の足が目に留まってぎくりと動きを止めた。白い太腿は鬱血痕だらけだった。首や胸元にもおびただしい数の赤い痕があって、二の腕にまで散っている。

肌はきれいに清められていたが、下腹部にまで痕があったものだから、ミーリアは啞然としてしまった。

「……付けすぎよ」

昨夜もあちこち吸いつかれているなとは思ったが、さすがにやりすぎだ。

とりあえず服を着ようと思い、ベッドから立ち上がったものの、すぐによろよろとして膝を突く。すっかり腰が抜けて力が入らない。

——これは、ちょっとまずいわ。

新婚夫婦の蜜月だとしても、こんな爛れた生活をしていたら、自分の足でまともに歩くことすらできなくなってしまう。

王都へ戻ったら生活を正そうと、ミーリアは顔を赤らめつつ決意して、クローゼットからブラウスとスカートを取り出す。

身支度を整えてから意を決してドアノブに手をかけた。

ガチャッ。

ドアノブは回ったが開かない。何度もガチャガチャと動かしてみるが、やはりドアはびくともしなかった。

ミーリアは腕組みをしながらドアを睨みつける。

その場で少し待ってみると、まもなく足音が聞こえてドアが開いた。

白いシャツに黒いズボンを穿き、ラフな格好をしたアレクシスが朝食のトレイを持って入ってくる。

「起きていたのか。おはよう、ミーリア」

「おはよう、アレクシス」

彼がサンドイッチとスープがのったトレイをテーブルに置き、ミーリアを振り返る。

腕組みを解かずに見つめ返したら、アレクシスは目をパチリとさせた。

「どうした？」

「そろそろ自由に外へ出たいの。その説得をしようと思って」

「ああ……朝食をとりながら聞く」

アレクシスがカウチに座って膝をぽんぽんと叩く。

「ミーリア。ここへ」

「……そこに座っても、何もしないって約束する？」

食事中は膝に座らされて、食べ終わったら肌に触れられてしまうという流れがこれまでも何回かあったのだ。

警戒の眼差しを送っていたら、アレクシスはいつもの無表情で断言した。

「約束はできない。守れないから」

「！」

「だが、食事と話が先だ。何かするとしても、そのあと」

顔を斜めに傾けたアレクシスが双眸を糸みたいに細めて、流し目を送ってくる。

たちまちミーリアの心臓はトクトクと鳴り始めたが、ここで逃げても無駄だと悟ったので諦めて彼のもとへ向かった。

膝へすとんと座らされて、後ろから抱きこまれる。

「ほら、朝食だ。早く起きて作ったんだ」

ミーリアは驚いてアレクシスの顔と朝食を見比べた。

よくよく見るとサンドイッチは具材がはみ出ているし、パンの切り方は雑だ。添えられたスープに至っては、野菜の大きさが統一されていない。

「これ全部、あなたが作ったの？」

「そうだ。自分の手で作った」

アレクシスが視線をふいと逸らし、ぶっきらぼうに応じた。

――起きたら、夫や恋人が朝食を作ってくれている。こういうシチュエーションも本で読んだわ。しかも手作りだと、彼の不器用さも垣間見えて、ときめく……。

我ながら単純だとは思いつつも、久しぶりにその手のときめきを覚えたので、顔を伏せてもごもごと礼を言う。

「……ありがとう。とても嬉しいわ」

「ああ。君はこういうのも好きそうだと思って」

彼があの意地悪な笑みを浮かべて「そうだろう？」と追撃の流し目を送ってきた。腹立たしいことに言い返せない。だって実際にときめいているのだ。

ミーリアは顔の赤みを誤魔化すためにサンドイッチを食べて「とってもおいしい」と小声で告げた。

「次は、わたしも朝食を作ってあげたい」

「料理できるのか？」

「ええ、家事全般できるもの。そういうあなたは魔法を使わなかったのね」

「君に合わせて魔法は使わないようにしているから。それに料理の魔法は、細かい調整が必要だ。私の魔力と相性が悪い」

「じゃあ、ドアに鍵をかけるのは得意なのね」

「鍵はかけていない。ドアを固めているんだ。腕力があれば自分で開けられる」

ほっそりとした手を摑まれてぶらぶらと揺らされた。

こんな貧弱な腕では無理だろう。そうからかわれている気がしたが、実際に無理そうだったのでミーリアは眉間に皺を寄せた。

「悔しいけど、わたしでは無理ね。魔法ってどうすれば解けるの？」

「解呪魔法を使えば、どんな魔法でも大抵は解ける。ただ、例外はあるが」

「例外？」

「一定以上の強い魔法、かつ魔法陣を血で描いた場合。解呪には同じ血が必要だ」

「それって、殿下の授業で説明していた話ね」

前世から引き継がれた知識には、欠けた記憶と同様にむらがある。

ゴルド文字は読めるけれど、肝心の魔法の知識はあやふやなところが多い。

「いずれにせよ、わたしじゃドアを開けられないってことでしょう。じゃあ、あなたが魔法を解いて？　そろそろ王都にも戻らないといけないし」

「戻りたくない」

「ゲルガー殿下が待っていらっしゃるわ」

「しばらく自習させておけばいい」

「結婚式もやり直したい。ドレスを作り直してもらっている最中なのよ」

ぐりぐりと頬を押しつけてきたアレクシスがムッと押し黙った。やりこめたらしい。

ミーリアはサンドイッチを食べ終えると、不機嫌そうな彼を見上げる。

「そんなに、わたしを閉じこめておきたいの？」

「……そうだ、誰にも会わせたくない。君は人目を惹くし、よこしまな想いを抱く連中もいる。それが腹立たしい」

見目麗しかったために、つらい目に遭った母を知っているから　ミーリアは自分の容姿がどう見られるのかは把握しているつもりだ。

ただ、フラヴィアの侍女になったあとは声をかけられることがなくなった。

ウルティム王国へ来てからも同様で、城内や街で視線を感じることはあるが、口説かれたのはアレクシスが初めてだった。

「わたしはもう既婚者だし、そんな目で見てくる人がいるかしら」

「山ほどいるだろう。……いい、何も気づかないままでいてくれ」

アレクシスは強引に会話を切り上げ、彼女を子供みたいに抱えてベッドへ向かった。

「アレクシス、まだ話は終わっていないわ」

「君の言い分は分かった。明後日、王都へ帰る。その時には外へ出すから」

それまでは自分のことだけ考えていろと言い放ち、彼はミーリアをベッドに沈めた。

◆

――さて、どうしたものか。

屋敷の書斎で、革張りの安楽椅子に座った男は暖炉を眺めていた。

書棚には魔導書がぎっしりと詰まっていて、奥にある書き物用の机の上には、何冊も書物が開きっぱなしになっている。

探知魔法を遮る結界を張ってあるため、この書斎には誰も来られない。

屋敷の場所も悟られないよう、裕福な市民が暮らす一般区域に居を構えていた。

安楽椅子の正面にある暖炉の近くで、使い魔のカラスが羽を休めている。

――どうすれば、私の話を聞いてもらえるのか。

アレクシス・ノルディス公爵。稀代の魔導士。

神出鬼没で、対面してもあっという間に姿を消してしまうから、以前は居場所を突き止めるだけで苦心した。

今は妻のミーリアといる時か、王太子の授業の際は近づけるようになったが、気づかれた直後に使い魔を消されるか、話しかけても音を遮断されてしまう。

だからといって使い魔なしで出向くのは、いささか危険だ。

あの公爵にとって、男など取るに足りない羽虫も同然だろう。

こちらの声も届かずに叩き潰されて、痛手を負うのはなるべく避けたかった。

痛みは嫌いだ。どれだけ年をとっても慣れることはない。

――今はあの土地に滞在しているようだが、私の使い魔を消したあと、結界を張っているのか近づけない。

男は老いて皺だらけになった両手を組んだ。暖炉の火を見つめて熟考する。

――はて、王都に戻ってくる気があるのかどうか。……いや、あの娘がいれば戻ってくるか。王太子の教師をしているからな。娘が戻ると言えば、戻ってくるだろう。

ならば、やはり娘を狙うしかないのかと結論が出る。

人心を操る魔法を使ってもいいが、婚礼の場で暴れた女に使ってしまったから、ノルディス公爵は警戒しているだろう。

今はそこまでの手間をかける気力もない。

あちこち手を回すのも、老いた身体にはいささか応える。

「ああ……疲れた……」

近ごろは思考もどんどん鈍くなってきた。身体の節々がひどく痛んで、何もしていないのに手が震えてしまうから、冬でもないのに暖炉をつける。

こうして、為す術もなくどんどん老いさらばえていくのだろう。考えただけでも怖気《おぞけ》が走った。

——もう時間がない……もはや手段を選んではいられないか。

惨めで残酷な未来を回避するために、ほんの小さな希望でも縋りたいのだ。

第六章　火あぶりと願望

「ああ、外だわ……」

　およそ一ヶ月ぶりに解放感に包まれて、ミーリアが馬車の前で深く息を吸いこむと、後ろにいたアレクシスがボソリと言う。

「大げさだ」

「だって、軟禁されたのなんて初めてだったのよ」

　するとアレクシスの手が伸びてきて、ミーリアの手をとった。

　騎士みたいに仰々しく指先に口づけられたから、またもや胸がドキッとする。

「君の初めてになれて嬉しい」

「……アレクシス。そうやって誤魔化そうとしているでしょう」

「帰ったら、王都の屋敷のドアも固めるか」

「じゃあ、わたしは腕力をつけるために腕立て伏せを始めるわ」

「その発想は面白い」

感心したような目を向けられたので「そこで感心しないで」とため息交じりに返した。

帰りの馬車に乗りこむと、管理人夫婦が見送りに出てきてくれる。

「また、いつでもお待ちしております。屋敷は私どもで管理しておきますので」

「ミーリア様。どうかお身体にはお気をつけて」

「ええ。色々とありがとう。また来るわね」

別れの挨拶を交わす間、アレクシスは反対側の窓の外を見たまま動かなかった。

人の好い管理人夫婦に手を振ってから、ミーリアは彼の目線の先を見やる。湖の対岸の廃墟を見ているようだ。

結局、あそこへは一度も行かなかった。

散策したのも湖畔のこちら側だけで、足を運ぶ気にもなれなかったのだ。

――いま行ったところで、何かがあるわけではないもの。

湖畔を挟んで、悲しみと幸せが混在する場所。

この一ヶ月、ここで生活して心はずいぶん穏やかになった。

ある程度は頭の整理がつき、アレクシスと生きていくのだと実感している。

想像以上に彼の愛が重いというのも身体に教えこまれたが、二人だけの蜜月は前世の記憶を彷彿とさせて、幸せなひとときだったのは確かだ。

ミーリアはアレクシスと寄り添い、遠ざかっていく風景を眺めていた。


王都への帰途につき、帰宅した翌日にはゲルガーから書簡が届いた。

そこには授業再開の日取りについてと、その前に一度、挨拶がてら城へ来てほしいと書かれていた。追記には【お茶会をしよう】とある。

後ろから書簡を覗きこんできたアレクシスが「お茶会？」と渋面を作った。

「仰々しいものではないと思うわ。以前、あなたを交えてゆっくり話でも、ってわたしからお誘いもしていたし、それでお招きくださったのかもしれない」

「ミーリアは行きたいのか？」

「ええ。せっかくのご招待だから、できれば行きたいけど……アレクシスは？」

「君が行きたいのなら、同行しよう」

ミーリアの腰に腕を搦めた彼が頬をぐりぐりと押しつけてくる。

以前にも増して距離感がおかしくなっていたが、一ヶ月の軟禁生活でミーリアもすっかり慣れてしまい、じゃれつくようにキスをする彼を受け入れた。

それから数日と経たないうちに日時を指定され、城を訪問することになったが――。

城へ向かう馬車の中で、ミーリアは窓の外を見ているアレクシスの様子を窺う。

「アレクシス。もしかして怒っているの？」

「いや、別に」

感情が読み取れない声色だったが、腕組みをしてこちらを見もしない。

大抵のことを涼しい顔で流すアレクシスが、ここまで態度に出すのは珍しかった。

事の発端は、王太子のお茶会だとメイドたちが張り切って準備してくれたこと。

ただでさえ社交場に出る機会がなく、教師として城へ足を運ぶ際も、ブラウスとスカートという飾り気のない装いだった。

だから、ここぞとばかりに茶会用の身支度を整えてくれたのだ。

――といっても、そんなに派手ではないはずなんだけれど……。

ミーリアは自分の装いを見下ろす。襟が首まである上品なデザインで、薄水色のドレスを着ていた。袖が長くて腕の生地は薄いけれど、肌の露出は少なくておとなしめだ。

長い銀髪はハーフアップにしてあり、うなじについたキスマークもメイドがうまく隠してくれた。派手なアクセサリーもつけていない。

化粧も透明感のある仕上がりで、全体的にシンプルで品のある装いだったが、アレクシスはお気に召さなかったらしい。

支度を整えて玄関先に出てきたミーリアを見た瞬間から、急に口数が激減した。

どことなく冷ややかな空気を纏い、ご機嫌斜めなのが伝わってくるので、ミーリアも肩を落としてしまう。

——こんな反応をされるとは思わなかったわ。

てっきり、いつもの調子で褒めてくれると予想していた。

気まずい空気のまま城に到着し、ゲルガーが待っている庭園へ案内される。

その間、アレクシスは不機嫌なはずなのにミーリアの腰をしっかりと抱いていて、やたらと距離が近かった。

やがて庭園の一角にある大きな木が見えてきて、そこにゲルガーがいた。

木陰にテーブルと椅子が設置されており、すでにお茶の支度が整っている。

「あ、こっちだぞ！」

ゲルガーが気づいて声をかけてくるが、その隣には上品に紅茶を飲むフラヴィアがいて、傍らには揺りかごがある。第二王子セドリックがすやすやと昼寝をしているようだ。

まさか異母姉がいるとは思わなくて、ミーリアの歩調が少し鈍った。

傍らにいるアレクシスもわずかに口角を歪める。

「久しぶりだな、ミーリア。アレクシス」

「お久しぶりでございます、ゲルガー殿下。……お姉様もごきげんよう」

ミーリアは動揺を一瞬で隠し、ドレスの裾を持ってお辞儀をする。

フラヴィアが紅茶のカップを置き、手を優雅にひらりと振った。

「ごきげんよう、ミーリア、ノルディス公爵。姉妹で顔を合わせるのも久しぶりだし、一緒にお茶でもどうかとゲルガーに誘われたのよ」

最後に会った時の刺々しい空気はなく、そこへ座りなさい、と椅子を勧められる。

アレクシスは軽く頭を下げただけで、無言でミーリアの隣へ座った。

淹れたての紅茶のカップが目の前に置かれて、さっそくゲルガーが口火を切る。

「お前たちがいない間に、ちゃんと課題をやっておいたんだ。ほら、見てくれ」

得意げに差し出された課題の問題集を受け取り、ぱらぱらと捲ってみた。どのページもぎっしりと書きこまれている。

まじめなゲルガーらしいと、ミーリアは顔を綻ばせた。

「すばらしいですね。分からないところはありましたか？」

「いくつかあったけど、すべてチェックを入れておいた。次の授業で解説してほしいな」

「分かりました。わたしも見直してみます」

「魔導書も読んでみたんだ。でも、やっぱり僕には難しかったな。授業でやった単語は読めたけど、まだ分からないところだらけだった」

「それでは、魔導書も少しずつ授業で解説しましょう」

フラヴィアは課題の話で盛り上がる二人を見守りながら、優美に菓子を摘まんでいる。

アレクシスはというと、心ここにあらずといった様子で庭園を眺めていた。

「それで、領地での生活はどうだった？」

「楽しかったですよ。屋敷が湖畔にあったので、その湖がとてもきれいでした」

「ふうん。湖か、いいなぁ……他には？　アレクシスと二人で何をして過ごしたんだい？」

「ええと、そうですね……」

屋敷に軟禁されていたとは言えずに口ごもると、フラヴィアが口を開く。

「ゲルガー。お茶の席で、新婚夫婦に『二人で何をして過ごした』だなんて野暮なことは訊かないものなのよ。もう少し気を遣いなさい」

「あ、はい、義母上……ごめん、ミーリア。そこまで気が回らなくて」

ゲルガーが赤面して肩をしゅんと落としたので、ミーリアまで顔が熱くなった。

「いいえ、とんでもありません。……湖畔の周りを散策したりして、二人でのんびり過ごしました。そういう殿下は一ヶ月、どのように過ごされたんですか？」

「うん、僕はね……」

ゲルガーはちらちらとフラヴィアの様子を窺いながら話を続ける。

彼は義母が苦手らしい。フラヴィア本人は気にしていないが、歯に衣着せぬ物言いをするので、姉妹であるミーリアですら気を遣う。

ゲルガーが気後れするのも無理はない。きっと今日も勇気を出して、この場にフラヴィアを誘ってくれたのだろう。

「それにしても、今日のミーリアは雰囲気が違うんだな。いつも美人だけど、一段と美しいよ。そのドレスもよく似合っているし」

「わたくしもそう思うわ。そのドレス、よく似合っている。とてもきれいね」

惜しげもなく褒めてくれるゲルガーだけじゃなく、お人形遊びをしていた頃のような微笑を浮かべたフラヴィアにも見つめられ、ミーリアは背筋を伸ばした。

俯きがちに「ありがとうございます」と礼を言おうとしたら、いきなりアレクシスが席を立った。

「――少し、失礼」

彼が短く告げてテーブルを離れた。ポケットに右手を入れ、ふらりと木陰を出ていく。

その姿を自然と目で追いかけてしまった。降り注ぐ太陽がアレクシスの金髪を照らしてキラキラと光って見える。

「アレクシス」

いつもなら必ず返事をしてくれるのに、彼は振り返らない。

行き先も告げずに離れていくアレクシスを見ていたら無性に不安に駆られた。

――なんだか様子がおかしい。

そもそも、今日は馬車に乗った時から態度が変だったのだ。

異変を察知したミーリアは「すみません」と断ってから席を立つ。

ゲルガーがきょとんとし、フラヴィアの強い視線も感じたが、遠ざかるアレクシスの背中だけを見つめて声をかけた。

「待って、アレクシス。今日のあなた、やっぱり様子がおかしいわ。もしかして、どこか具合が悪いとか――」

彼を追いかけてテーブルを離れた瞬間だった。

唐突に、視界の端から黒いものが飛び出してきた。

ずっと木々の葉陰に身をひそめていたらしく、黒いものはミーリアの行く手を遮るように現れて、目の前で翼をバサバサッと羽ばたかせる。

――黒い、カラス……？

思考が追いつく前にカラスの身体がぐにゃりと歪み、大きな黒い靄《もや》となってミーリアを包みこんだ。

アレクシスのもとへ伸ばそうとした手が見えなくなり、その向こうにいたはずの彼の姿もまた消える。

「っ、アレク、――」

皆まで言えずに意識が遠のき、視界が暗転した。

気を失う寸前、どこかで聞いた覚えのあるしゃがれた声がした。

「私のもとへいらしてください、公爵。でなければ、この娘の命は保証しませんぞ」

◆

時は数分前に遡り、アレクシスは庭園を眺めながら苛立っていた。

――ああ、苛々《いらいら》する。

ミーリアがゲルガーと和気藹々《わきあいあい》と談笑して、時折フラヴィアがそこに交じる。

顔を背けていても、視界の隅にちらちらとミーリアの姿が入る。上品なドレスを纏い、月光みたいな銀髪を肩に垂らして、端整な顔には薄らと化粧を施していた。

清楚な美しさは思わず息を呑むほどで、普段は質素な装いが多いからこそ、余計に輝いて見えた。

ゆえに顔を合わせた瞬間は見惚れてしまい、直後に強烈な憤りがこみ上げた。

――そんなにも美しい姿を、私以外の者に見せるつもりなのか。

自分でも理不尽な怒りだと分かっていた。

だから何も言わずに馬車に乗り、城へ来たけれども怒りは増すばかりだ。

まずは「美しい」と褒めて、誰にも見せたくないと告げればよかったのに、胸の内にどろどろと渦巻く感情を抑えるので精一杯でまともに顔も見られない。

過去の自分に妬いたことはあっても、これほどの苛立ちは抱かなかった。

アレクシスは無表情を保ちながら心の中で唾棄《だき》する。

――なんてくだらない。こんなものは幼稚な独占欲だ。

少し前の自分なら抑えることができたはずだ。

ミーリアと共にいられるだけで幸福だと、そんな感情すら抱かなかったかもしれない。

だが、もう彼女を独占する喜びを知ってしまった。

そしてとどめは、ゲルガーとフラヴィアによる褒め言葉であった。

――誰も見るな。誰も褒めるな。ミーリアは私のものなのに。

魔法で蹴散らしてしまおうかと手が動きそうになり、握りしめてポケットに入れる。

ここにいてはだめだと、アレクシスはゆらりと立ち上がった。

「――少し、失礼」

ほんの少し側を離れて頭を冷やそう。

歪んだ顔は見せないよう背を向けて、深呼吸をして、それで戻ってくればいい。

――私がこんなに醜く、人間的な感情に振り回されるなんて……やはりミーリアは、私をただの男にするんだな。

呼び止められても振り返ることができず、太陽を浴びながら天を仰ぐ。そっと目を閉じて深く息を吸いこんだ。

それは、わずか数秒の間。

魔法の気配があれば即座に反応できるよう、張り巡らせていた警戒を解いた——その油断を衝かれた。

突如として現れた使い魔のカラスによって、ミーリアは捕らわれた。

「私のもとへいらしてください、公爵。でなければ、この娘の命は保証しませんぞ」

不穏な脅し文句とともに彼女の姿が消える。

ほんの数秒の出来事で、残ったのは黒い靄と魔力の残滓だけ。

「ミーリア……？」

瞬きを数度する間に、跡形もなくミーリアがいなくなってしまった。

次の瞬間、真っ先に襲ってきたのは恐怖だった。

——私はまた彼女を失ったのか？

呆然としていたアレクシスはゲルガーの声で我に返った。

「アレクシス！　ミーリアはどこへ行ったんだ？　お前が魔法を使ったのか？」

「……私の魔法ではありません」

ミーリアを攫った相手への怒りだけじゃなく、油断した自分にも腹が立ったが、アレクシスはぐっと抑えこんで彼女がいた場所へ駆け寄った。

まだ薄らと靄が残っている。魔力を探知できるよう、あえて痕跡を残したのだろう。

――すぐに居所を突き止めなければ。

彼は魔力探知に長けていない。

急いで辿らなければ痕跡が消えて追えなくなってしまう。

しかし踵を返そうとしたアレクシスは、血相を変えて立ち上がったゲルガーの言葉にぴくりと肩を揺らした。

「その黒い靄はなんなんだ！　ミーリアがいるところまで続いているのか？」

「靄が見えるんですか？」

「うん。雲みたいにふわふわして、城の外へ続いているみたいだな」

ゲルガーが走ってきて、眉間に皺を寄せながら空へと目を凝らす。

「僕の目にはハッキリ見えるぞ」

「それは魔力の痕跡です。辿れますか？」

「できると思う」

「では、今すぐ辿って案内してください」

「その前に説明してくれ。いったい何があったんだ？」

「時間が惜しいので道中で説明します」

目を丸くするゲルガーの腕を強めに引っ張ったら、王太子が後ろを振り返った。

その視線の先には顔を顰めているフラヴィアがいる。

「……いいわ、お行きなさい。ゲルガー」

「義母上？」

「ノルディス公爵がそんなに焦っているのを見るのは、わたくしも初めてなの。つまり、それだけミーリアが危険な状況ということなんでしょう」

アレクシスと目が合うなり、フラヴィアが逃げるように顔を背けた。

「護衛をつける時間はなさそうだから、公爵から離れないようにしなさい。彼の側にいれば、誰もあなたを傷つけられないわ。陛下にはわたくしから事情を説明して、兵士たちにすぐ後を追わせましょう」

「……分かりました。あとのことは、よろしくお願いします。義母上！」

ゲルガーは状況が分からないなりに、事態が切迫していると悟ったのだろう。

呼び鈴を鳴らしてメイドを呼ぶフラヴィアをその場に残し、アレクシスが促すままに黒い靄の追跡を始めた。

◆

パチパチと何かが燃える音がする。

「……う……う」

ミーリアは呻きながら薄目を開けた。嗅いだ覚えのある焦げ臭さに、また前世の夢を見ているのだろうかと思う。

――ここは夢の中……？

しかし意識が覚醒してきて、夢ではないと気づくと同時に、自分が尋常ならざる状態にあると知った。

「っ⁉」

木製の椅子に座った状態で、肘掛けと脚の部分に手足が縛りつけられている。

細い紐でぐるぐる巻きにされて、魔法で補強されているらしくびくともしない。

「な、何なの、これ……」

掠れた声を漏らして、慄きながら室内を見回す。

そこは見知らぬ屋敷の書斎だった。壁一面に書物が詰まっていて、半開きになったドアから白い煙が入ってくる。

煙の向こうにちらちらと橙色の炎まで見えてゾッとした。

――この屋敷は燃えているんだわ。火が、こっちにくる……。

刹那、全身を怖気が駆け抜ける。手足ががたがたと震え始めた。

炎の熱さなんて覚えていない。

火あぶりになった時の恐怖だって思い出せない。

けれど、これから自分が炎に巻かれるのではないかと考えただけで、どうしようもなく恐ろしかった。

「は、っ……はっ、は……」

脳は忘れていても、身体が覚えているかのごとく拒否反応を起こす。

心臓がバクバクと激しく鳴り響き、顔を俯けて過呼吸になりかけたが、ミーリアは目をぎゅっと閉じて自分を落ち着かせた。

――深呼吸よ……深呼吸をして……。

ゆっくりと息を吸いこんで、長々と吐き出す。

それを何度か繰り返してようやく脳に酸素が届き、思考が働くようになってきた。

「は……はぁ……」

肩を上下させて息をしていた時、人の気配を感じて面を上げる。

長い髭をたたえた高齢の男性が窓辺にいて、無言でこちらを観察していた。

「サージュ様……？」

「私の屋敷へようこそ。今の気分はどうでしょうかな、ミア殿」

黒いローブ姿の老人――サージュ・マルティニークが静かな口調で話しかけてくる。

低くしゃがれた声はミーリアを攫ったカラスが放ったものと同じだ。

「どうして、その名を……」

「名前に反応されるということは、やはり前世の記憶をお持ちなのですね」

「っ……」

「あなたにも機会があればお訊きしようと思っていたのです。どれほど覚えておいでなのですか？」

深淵の穴みたいな暗く落ちくぼんだ目で見つめられた。

サージュは好々爺という印象を抱いていたが、少し見ない間にずいぶん老けこんだ。

――いったい、どういうことなの？

この状況を生み出したのがサージュで、何故か前世のことまで訊かれている。

わけが分からず戸惑っている間に、ドアの向こうの火がどんどん勢いを増してきた。

「こほっ……こほっ」

むせながら縛りつけられた腕を動かそうとしたが、脚がガタガタと揺れるだけだった。

そんなミーリアを瞬きをもせずに凝視し、サージュが繰り返す。

「どうか、お答えください。私も魔導士の端くれ。あの魔法が本当に成功したのかどうかだけでも確認したいのです」

彼の言う『あの魔法』とは、もしかしてミアが使った魔法のことだろうか。

ミーリアは数秒の戸惑いののちにサージュを見据えた。

「それを答えれば、解放してくれるの？」

「拘束は解きましょう。あとはご自分でお逃げください」

「……意味が分からないわ。普通に訊いてくれたら質問には答えるし、こんなことをする必要なんて……」

「やむをえなかったのです。私の本来の目的は、ノルディス公爵と話をすること。あなたを攫えば、あの方は必ず追ってくる。激昂して私に詰め寄るでしょう。そこでようやく、私と対話をしてくださる」

「アレクシスと話したいのなら、正面から声をかければいいでしょう」

「いいえ。あなたが気づいていらっしゃらないだけで、公爵と対話することは容易ではないのです。ここへ招いて直接対峙するのは避けたかったのですが、もはや私には時間がありませんので」

困惑するミーリアを見つめたまま、サージュが力なくかぶりを振る。

「これ以上の問答は無意味でしょう。火の勢いも激しくなってまいりました。先ほどの問いに答えていただきたい」

老いた魔導士の瞳には生気がなく、何もない空洞を覗いているかのようだ。

どんな言葉をかけても響かず、空洞の向こうへすり抜けてしまう。

ミーリアはぶるりと身震いをした。

――これ以上やり取りを続けても、たぶん彼の言うとおり無意味だわ。

詳細な説明をされず、話の繋がりも分からない。

だいたい『アレクシスと話がしたい』という目的のためにミーリアを捕らえて、自分の屋敷に火をかけるなんて常軌を逸している。

——どうして、わたしのことまで知っているのかは分からないけど。

書棚に詰まった書物の量からしても、サージュはヴェントリー家の研究について調べていたのかもしれない。彼女の名を知っていたのも、それが理由で……。

その時、ミーリアはまた煙を吸って咳きこんだ。

ここで黙っていても、椅子に縛りつけられた状態で炎に巻かれるだけだ。

焼け死ぬわけにはいかないと決断し、吐き出すように答える。

「……わたしの記憶は断片的にしか残っていないわ。自分の過去や家族のこと、使った魔法についてもほとんど覚えていない」

サージュがゆっくりと目を閉じて「なるほど」とため息をつく。

「いずれにせよ、あの魔法には根本的な欠陥があったということか……」

「さぁ、答えたでしょう。今すぐ拘束を解いて」

先ほどよりも煙の量が増えて、迫りくる炎の熱をじわじわと感じ始めていた。

止まったはずの身体の震えが再発したが、奥歯を噛みしめて耐える。

サージュが目を開けて、火の恐怖に負けまいと歯を食いしばるミーリアを無表情で見つめてきた。

「――いえ、拘束は解きません。先ほどは嘘をつきました。これは、私を無視し続けた公爵への報復も兼ねております。あの方にとって、あなたを失うことがこの世でいちばん恐ろしいことでしょうから」

「え――」

「ミア殿には申し訳なく思いますが、ここで公爵の助けをお待ちください。間に合うか、間に合わないかは運次第でしょう」

「ちょっと、待って……！」

「あなたが焼け死ねば、公爵は絶望するでしょうが……私はどちらでも構いません。私と話をしてくださるのなら、それでいい」

サージュが指をパチンと鳴らすと、その姿が煙のごとく消える。

拘束されたまま置き去りにされたミーリアは愕然とした。

「嘘でしょう……」

――わけの分からないことばかり言って、ここに放置なんてありえないわ！

ドアの向こうはもはや火の海になりつつあり、ゴオオと炎の音がした。

まだ距離があるのに熱気がぶわっと押し寄せてきて肌が焦げてしまいそうだ。

ミーリアは焦りと恐怖で小刻みに揺れる両手を握りしめ、拘束を解こうと試みる。

——せめて拘束だけでも解けたら、ここから逃げられるのに……！

煙にむせつつも、決死の思いで身を捩ったら椅子が斜めになる。そのまま勢いよく床に倒れて、強かに肩と顔をぶつけた。

「は、っ……はぁ……っ！」

ミーリアは身じろぎをして窓のほうへ移動を始める……といっても四肢が縛りつけられているから、芋虫みたいに少しずつしか動けない。

低いところは煙が充満しておらず呼吸がしやすかったが、ぜぇぜぇと荒い呼吸をする。

——ああ、どうしよう……すごく、怖いわ……。

どこかで大きく火の爆ぜる音がした。

煙の焦げ臭さに何度も咳きこんで、恐ろしさのあまり嗚咽《おえつ》を零しそうになる。

懸命に窓の近くへ移動している間に火の手が回ってきた。地を這う蛇のごとく灼熱の炎が近づいてくる。

火が怖い。熱さが怖い。

皮膚や肉を焼かれていく感覚がとにかく怖くて堪らない。

火刑にされた記憶は残っていないというのに、あまりの恐ろしさで竦み上がった。

——怖い、怖い……怖い……！

全身が総毛立ち、頭の中が恐怖で染め上げられそうになった時、繰り返し夢で見た光景が蘇った。

『ちくしょう……ちくしょう……俺のせいだ……間に合わなかった……っ』

『ミア、ミア……』

悲痛な面持ちで泣いている少年を思い出し、ミーリアは息を止めた。

ひどく泣きじゃくる彼を見上げて、どうして自分には何もしてあげられないのだろうと夢を見るたび悲しくなるのだ。

――そうだ……わたしは、もう二度と彼にあんな想いをさせたくない。

恐怖に呑まれてパニックになったら、あの時と同じ結末を迎えてしまう。

間に合わなかったと悲嘆に暮れるアレクシスを想像し、そんなことになっては絶対にだめだと、ミーリアは血が滲むほど唇を噛んだ。

その痛みで理性が戻り、再び窓を見やる。自力で拘束は解けない。たとえ時間を稼げたとしても炎から逃れる術はなかった。

『これからは共に人生を歩みたい。今この時を生きる、アレクシスとミーリアとして』

プロポーズの言葉を思い返し、ミーリアは両手をきつく握りしめた。

――わたしは彼と生きると決めた。そのために、今ここにいる。

だから生きるために最後まで足掻こう。

足の先が熱くなってきたが、そちらには目もくれずに身体を捩って床を這った。

全身が重くて、まともに息が吸えない。視界まで霞んできたけれど、ミーリアは自身を鼓舞した。

――まだ、諦めない……！

ミーリアがいなくなった瞬間から、アレクシスは救う手立てを考えてくれているはずだ。きっとここへも助けに来てくれる。

ならば意識を失ってはいけない。

できるだけ炎から距離をとり、とにかく呼吸をし続けるのだ。

「……アレクシス……アレクシス……ッ」

残り少ない酸素を使って彼の名を連呼する。

それ以上は動けなくなっても、諦めずに自分はここだと口を動かし続けたら――どこからか、その声が聞こえた。


「――ミーリアッ！」

アレクシスの声だ、と思った瞬間に手足が軽くなった。厚手のものを被せられて抱き上げられる。

たちまち炎の熱さと焦げ臭さが遠ざかっていき、気づくと地面に寝かされて青い空を仰いでいた。

視線を横へ向けると、傍らに膝を突いているアレクシスがいた。その後ろから心配そうに覗きこんでくるゲルガーの顔も見える。

目が合うなり、アレクシスの黄金色の瞳から大粒の涙が溢れ出した。

「ミーリア、ミーリア……」

「……アレクシス……？」

「遅くなって、すまなかった……すぐ、治すから」

アレクシスが涙を拭い、ぎこちない手つきでミーリアの胸に手を当てた。

彼の手のひらから温かいものが流れこんできて、火傷の痛みが和らいでいく。

新鮮な空気を吸いこみ、深い呼吸をしていたら脳にも十分な酸素が回って、ミーリアはようやく自分が助かったのだと理解した。

「これは……治癒魔法？」

「ああ、君の身に何かあった時のために練習した」

「……なんだか、温かい……」

「治癒能力を高めているんだ。しばらく療養は必要だが、火傷は残らない」

消え入りそうな声で囁くアレクシスの目元にはまだ涙が光っていた。

ミーリアは手を持ち上げて、彼の涙を拭ってあげる。

遠くのほうで何かが燃える音がして、あたりが焦げ臭い。物が倒壊する轟音まで聞こえてきた。

あの悲しい夢と似た状況だったが、優しい温かさに包まれてほっと息をつく。

「助けに来てくれて、ありがとう……アレクシス」

「……いや。私が油断したせいで、君をこんな目に……」

また謝ろうとする彼の唇を指で押さえた。

それからアレクシスの首を抱き寄せて、縮こまっている大きな背中をさすりながら「わたしは大丈夫」と囁く。

「だって、ちゃんと生きている……わたし、アレクシスを信じて諦めなかった。あなたも助けに来てくれて、怪我まで治してくれた……だから、もう大丈夫」

本当は二百年前にもそう言ってあげたかったが、それができなかった。

しかし今度こそ大丈夫だからと、そんな想いをこめて背中をさすり続けたら、アレクシスが動かなくなった。

代わりに小さな嗚咽が聞こえたから、ミーリアの視界も涙で歪んでいく。

「泣かないで、アレクシス」

わたしは大丈夫だから。あなたのお蔭で生きているから。

肩を震わせるアレクシスを抱きしめたまま、言い聞かせるように繰り返した。

◆

市民が集まってきて、炎上する屋敷の消火作業は行なわれた。

アレクシスは近くの病院へミーリアを運び、ゲルガーと後からやって来た衛兵を付き添わせて、念のため病室に結界を張った。

何かあればすぐに戻れるよう使い魔も置き、いまだに煙を燻らせる現場へ戻る。

すでに鎮火していたが、屋敷は全壊して真っ黒に焼け焦げていた。

あたりには焦げた臭いがたちこめて、人が騒がしく行き交っていたけれど、アレクシスは脇目もふらずに屋敷の庭へ向かう。

太陽は沈みつつあり、あたりは黄昏に染まっていた。

庭の隅では、一人の老爺が昼と夜の狭間に生じる薄闇に溶けこむように佇み、焼け落ちた屋敷を眺めている。

アレクシスが駆けつけた時から、その男はそこで一部始終を傍観していた。

「――おい」

低い声で呼びかけると、使い魔のカラスを操る男——サージュがゆっくりとこちらを振り返る。

「お前、ミーリアに二度も手を出したな」

腹の虫が収まらなくて、老いた魔導士の胸倉を摑んで睨みつけた。

苦痛を与えて殺してやろうと右手を翳した時、サージュが重い息を吐く。

「やっと、私の目を見て話しかけてくださいましたな」

「よくもぬけぬけとそんなことを言う。使い魔だけをよこし、お前自身は私を恐れて逃げ回っていたくせに」

「公爵が、私の話を聞いてくださらないからです」

サージュがしゃがれた声で応じて、胸倉を摑んだアレクシスの腕をがっちりと握った。

「いくら話しかけても、公爵は耳を閉ざすか、今のように殺そうとするでしょう」

「当然だ。お前の話に興味はない」

「私とて暴力的にあしらわれて痛みを味わいたくなかったのです。逃げ回っていたのも事実ですが、たとえ私が赴いたところで話を聞いてくださらなかったでしょう」

「聞く価値もないからな」

「あなたはいつもそうやって、私の話をまともに聞いてくださらない」

アレクシスの腕を握りしめたまま、老齢の魔導士が視線を落とす。

「ヴェントリー侯爵家が研究していた、不老不死の魔法。公爵はよくご存じでしょう」

「それを訊いてどうする」

「教えていただきたいのです」

「魔法のかけ方を、か？　訊いても無駄だ。あの魔法の知識はすべて二百年前に焼失している。私は何も知らない」

　これで満足かとサージュの目を睨みつけたが、老いた魔導士は重々しく息を吐き、アレクシスの腕を握る手にぐっと力をこめた。

「違うのです、公爵。そんなことを訊きたいわけではございません」

「何？」

「私は、ただ……どうやったら死ねるのかを知りたいのです」

　アレクシスはぴたりと動きを止めて「は？」と訊き返す。

「ずっと、それをお訊きしたかった。あなたならご存じではないかと思って」

「いったい何を言っているんだ」

「ですから『死に方』を訊いているのです、公爵」

　サージュが底なしの穴のような目で瞬きもせずに凝視してきた。一呼吸おいて、壊れた機械みたいに一定の声色で捲くし立てる。

「――私はもう気が狂いそうなのです。何をしても死ねないのです。首を落としても、四肢を切断しても、毒を飲んでも、崖から飛び降りても、私の身体は苦痛を伴いながら再生してしまう。だから死に方をご存じならば教えてください、ノルディス公爵」

アレクシスはサージュの胸倉を摑んでいた手を放した。数歩後ろに下がり、年老いて皺だらけになった老人の面を注視する。

「ヴェントリー侯爵は成功するとおっしゃったのです。あなたやミア殿が失敗した魔法で改善点を見つけて、今度はうまくいくと……そして、私ともう一人の研究員に試させたのです。結果、改悪されておりました」

「………」

「侯爵一家が火刑になる前の晩のことです。あの時から、私は不死になりました。しかし不老ではありません。ゆっくりと年老いていったのです」

当時、ヴェントリー侯爵家の研究所には十人ほどの研究員がいた。

侯爵家の魔法研究に傾倒し、永遠の命に憧れた魔導士たちだ。

「どれだけ解呪魔法を試しても効きません。実験は血で描かれた魔法陣を使ったのです。ですが、私に魔法をかけた研究員は魔法弾圧により殺されました。制約により、解呪にも同じ血が必要だというのに、もう永遠に手に入りません」

「………」

「あれから二百年、私の身体は老いました。目が霞み、思考が鈍り、手が震えて節々が痛むようになった。それなのに死ねないのです」

サージュが両手を見下ろした。節くれだった指先が小刻みに震えている。

「近ごろは、自分が何をしているのか分からないことが増えてまいりました。生きている意味どころか、まともな人間であるかどうかさえ分からなくなってきて……どうしたらいいのでしょうか」

「それを私に問うて、どうする」

氷みたいに凍てつく眼差しで射貫いたら、サージュが初めて顔つきを変えた。

まっさらな紙を両手で握りつぶしたみたいにぐしゃぐしゃで、歪みきった表情だ。

「公爵ならば解決策を教えてくださるのではないかと思ったのです」

「私は何も知らない。もとは、自分たちの研究が元凶だろう」

「……そうですか。あなたほどの魔導士であれば、何かご存じではないかと一縷《いちる》の望みを抱いていたのですが」

諦めの吐息をつくサージュに向かって手のひらを翳すと、小さな声で問われた。

「私を殺すおつもりですか」

「お前は殺せないのだろう。だから遠くへ転移させる」

「それでミア殿の件はお許しいただけると？」

「許しはしない」

ここへ来た時よりも頭は冷えていた。

未だに怒りは燻っていたが、こんな愚かな男をいたぶったところで意味などない。

「二度と、私やミーリアの前に現れるな。それで少しは留飲も下がる」

「……なるほど。かしこまりました」

アレクシスは右手に魔力を集中しながら、ふと目を細める。

「最後に聞かせろ。何故、ミーリアもろとも屋敷に火までつけた」

「私を無視し続けた、あなたへの腹いせもありましたが……苦楽を共にした研究員が全員火あぶりになり、私だけが生き残ってしまった。そこから苦しみが始まりました」

「…………」

「一縷の望みとは言いましたが、公爵の答えも薄々察しておりました。もはや希望も夢もなく——炎から始まったものを、炎で終わらせる。そうして、私の生きた痕跡などすべて焼き尽くしてしまえと思ったのですよ」

絶望ゆえの諦念か、あるいは狂気か。

サージュの引きつった顔を冷徹に見据えて「そうか」と呟く。

「その苦しみが未来永劫、続くことを祈っておく」

「……私は、公爵の幸福を祈っております」

サージュが胸に手を当てながら深々と一礼した。

「ウルティム王に仕えようと思ったのも、公爵がいらっしゃったから。あなたを恐れる一方で、魔導士として尊敬しておりましたから、お話ができて光栄でございました。どうかお元気で、アレクシス・ノルディス公爵――」

その直後、国家魔導士サージュ・マルティニークはウルティム王国から消えた。

アレクシスは転移魔法を放った右手を下ろすと、それきり興味を失ったように踵を返して誰もいなくなった庭園を後にする。

――魔力を使い過ぎたか。

他者を転移させるには膨大な魔力を必要とする。

ミーリアの容態次第では、また治癒魔法を使わなければならないかもしれない。

魔力との相性もよくないため、自然と消費量が多くなってしまうから、このあとはしばらく温存しておこう。

もはや老いた魔導士の顛末《てんまつ》など気にも留めない。

あの研究に加担していた時点でアレクシスにとって憎き相手であり、この先どれほど苦しもうがどうでもよかった。

――そうだ。ミーリアが療養する間、リンゴを剥いてやろう。

ミーリアのもとへ向かうアレクシスの頭の中は、もう彼女のことでいっぱいだった。

第七章　君だけを幸せにしよう

燃え盛る屋敷から助けられた直後に気を失い、ミーリアが再び目を覚ました時、屋敷の自室で寝かされていた。

枕もとにはアレクシスがいて、事の経緯を説明してくれた。

ミーリアは近くの病院に運びこまれて、アレクシスがサージュを捜索している間、ゲルガーと王室の騎士が付き添ってくれたらしい。

魔力の痕跡を辿り、ミーリアの居場所を突き止めたのもゲルガーだとか。

市民の協力もあって火事は消えて、騒動の主犯であったサージュはアレクシスとのやり取りのあとに、この国を去ったようだ。

「あの男は少しおかしくなっていた。魔導士としても高齢だったからな」

「……確かに、会話の意味が分からない時があったわ。とにかくあなたと話したがっていたみたいで、そのためにわたしを攫ったと言っていたけど……結局、アレクシスは彼と会って話をしたの？」

「ああ。その時に然るべき対応をした」

「然るべき対応って？」

「君が傷つけられたぶん、あの男も苦しむようにした。それだけ知っていればいい」

彼がサージュに何をしたのか気にはなったものの、きっぱりと言いきられてしまったので、ミーリアは諦念の息をつく。

「……分かったわ。これ以上は訊かないでおく」

「ああ。君のほうは、あの男に何か言われたか？」

「わたしの前世を知っていて、記憶はどれだけあるのかって尋ねられたわ。魔法が成功したかどうかを確認したかったみたいね。もしかしたら、ヴェントリー家の研究について調べていたのかもしれない。室内も書物だらけだったし」

「なるほど。他には？」

「他にも話はしたけれど、不可解なことも多くて……」

火が迫る中での会話だったし、そのあとが壮絶だったので細かいところは曖昧だ。

サージュは途中からアレクシスの話ばかりしていて、明確に覚えているのは暗い穴みたいな目を向けられたことくらいで――。

『――いいえ、ミア殿。あなたが気づいていらっしゃらないだけで、公爵と対話することは容易ではないのです』

それは、会話のどこかでサージュが放った台詞。

ミーリアは目を瞬かせると、アレクシスの顔を穴の空くほど凝視した。

「ん？　ミーリア、どうした？」

「いまさらなことを訊くけど、アレクシスって人と話すのが嫌いなの？」

「何故、そんなことを？」

「あなたと話すことは簡単じゃないと、サージュ様が言っていたの。よく考えてみれば、わたしとゲルガー殿下以外の誰かと話しているところを見たことがないから」

はじめの頃、アレクシスが人嫌いだと噂されていたのを聞いた。

ウルティム王とは接点が少ないので不明だが、一方的に騎士に命じたり、領民の話を黙って聞いていたことはあっても対話はしていなかった。

使用人からも距離を置かれ、執事の報告も無言で聞いているだけ。

領地にいた管理人夫婦もそうだ。彼らはアレクシスが何も言わずとも色々と支度をしてくれたが、別れ際の挨拶すらなかった。

掻い摘まんでそれを説明したら、アレクシスはことりと首を傾げる。

「別に話すことがないだろう。だが、ミーリアとは何でも話したい」

「ゲルガー殿下もそうなの？」

「あれは仕事だからな。君と同僚にもなりたかった。あとは……王太子と親交を深めたら、今後のために役立つだろう」

「アレクシス、そんなこと考えていたのね」

ゲルガーは次期国王だ。親交を深めておいて損はないだろうが、意外と打算的なことを考えているのだなと驚いてしまう。

まじまじと見つめたら、アレクシスが肩を竦めた。

「王太子個人に興味はないが、今回は君を救うのに力を借りた。私よりも魔力探知に優れていたらしい。それは感謝している」

「そうね、あとでちゃんとお礼を言いに行かないと。わたしが病院へ運ばれた時も付き添ってくれたみたいだもの」

今も心配しているだろうし、と付け足せば、アレクシスが声をひそめた。

「――前から思っていたが、ミーリアは王太子が好きなのか？」

「ええ、好きよ。教師として初めて受け持ったっていうのもあるし、ゲルガー殿下はお姉様の義理の息子でしょう。血の繋がりはないけど親近感があるの」

「男として好き、というわけではないよな」

真剣に確認されたので、ミーリアは動きを止めたあとに噴き出してしまう。

「違うわ。アレクシスったら、それを心配していたの？」

「念のため確認しただけだ。君は王太子をよく気にかけているから」

早口になってそっぽを向くアレクシスの手を握り返し、あのね、と言葉を継いだ。

「心配しないで。わたしが男性として意識しているのはアレクシスだけよ」

「……はぁ」

「どうしてため息をつくの？」

「ミーリアとキスがしたい」

「えっ、今？」

「今すぐ」

アレクシスが身を乗り出してきて、止める間もなく唇を重ねられる。

しかも、それだけでは終わらずに肩をぐいと抱き寄せられた。

「んっ……ん……アレクシス……」

「……ふ……」

しっかりと肩を抱かれた状態でキスを深められる。

ただし激しいものではなく、優しく唇を齧られたり、ねっとりと舐められたりして、全身の力が抜けてしまうまで口づけられた。

アレクシスは脱力するミーリアを支えながら、はぁと熱い吐息をつく。

「今は、これで我慢する」

「…………」

「ミーリア。リンゴみたいだ」

「……分かってる、リンゴみたいに赤いんでしょう」

「ああ、耳まで真っ赤だ」

「急にキスするから……でも、少し気が抜けた」

いきなり攫われて拘束されて、挙げ句、火傷をするほど炎に巻かれたのだ。

アレクシスのお蔭で火傷は痕もなく、痛みも残っていないが、目覚めてもどこか気が張りつめていた。

火照った顔を右手で隠しながら告げると、アレクシスがミーリアの肩を押した。そっとベッドに横たえて手を繋いでくれる。

「ミーリアが安心できるまで、手を握っている」

「ありがとう。……昔も、体調が悪い時、こうして付き添ってくれた。その時のことは覚えているわ」

「ああ」

アレクシスが前屈みになり、額に優しく口づけていった。

寝かしつけるみたいに頭を撫でられると、ひとりでに目がとろんとしてくる。

「心地よくて、眠ってしまうかも」

「眠っていい。その間に、リンゴを剝いておく」

「ほんとに？　そういえば剝いてもらったことがないわ……いつも、剝いてくれって頼まれるんだもの。よほどリンゴが好きなんだなと思っていたけど」

「リンゴも好きだが、君がリンゴを剝く姿を見るのは、もっと好きだ」

彼が両目を弓なりに細め、ミーリアの髪を指に搦めながら低めの声で言った。

「私だけのために剝いてくれるのが嬉しい」

「そうだったの……いつでも剝くわ。他にもしてほしいことがあったら言ってね。あなたのためなら、なんでもするから」

「——なんでも？」

アレクシスの声のトーンが低くなった。

小さな欠伸をしてから、ミーリアは「できる範囲でね」と囁く。

「何か、してほしいことがあるの？」

「一つ頼みたいことがある。だが、今すぐじゃない。その時が来たら、言うから」

怪訝そうに見上げても、アレクシスは薄らと微笑しただけだった。

それからしばらく療養に徹して、ミーリアは後遺症もなく回復していき、すっかり元気になった頃、久しぶりに彼と夜空を見た。

外套を着こみ、再会したばかりの頃みたいに抱えられて屋根の上に移動し、星を仰ぐ。

「アレクシスと夜空を見るのは久しぶりね」

「ああ」

満天の星のもと手を繋いでいると、世界で二人きりになったように感じた。

微笑みながらアレクシスにくっつくと、彼も柔らかな表情で頭を傾けて、髪に頬ずりをしてくる。

「今宵は静かでいい夜だ」

アレクシスがぽつりと零した言葉に、ミーリアは笑みを深めた。

「初めて夜景を見ようと誘ってくれた時の台詞ね」

「覚えていたんだな」

「忘れられないわ。あなたが屋根の上にいて、本当にびっくりしたのよ」

「あそこからは、よく見えたから」

「夜景が？」

「夜景も。あとは夜空と、瞬く星と、君が」

「それもいつかの夜に言った言葉ね。あなたの台詞はだいたい覚えているの。……よく、ドキドキさせられたから」

ミーリアが目線を泳がせつつ言うと、繋いでいた手がいったん離れていき、手の甲をすりすりと撫でられた。

色っぽい手つきで指を搦められて、身を屈めたアレクシスが頬にキスをしていく。

「ミーリア。部屋へ戻ろうか」

閨で囁かれる睦言みたいに声色が甘かった。

ミーリアは小さく肩を揺らしたあと、頬の熱さを感じながら俯く。

「もう少し、ゆっくり夜景を見ていたかったのに」

「いつでも一緒に見られるだろう」

返事をする前にひょいと抱き上げられ、瞬く間に部屋へ移動していた。意気揚々とした足取りでベッドまで運ばれていき、端っこに座らされる。

目をパチリとさせている間に、アレクシスが片膝を突いてミーリアの手をとった。

騎士みたいに恭しく彼女の手に口づけると、上目遣いで見つめてくる。

「君を抱いていいか？」

優しくするからと低い声で誘われて、ミーリアの心臓がトクンと高鳴った。

甘い眼差しで射貫かれ、またしてもドキドキしてしまっている自分が悔しかったが、アレクシスには勝てないともう分かっていたので頷く。

「ええ。来て、アレクシス」

両手を差し伸べたら、次の瞬間にはきつく抱きしめられてベッドに押し倒された。

熱い吐息と緩やかな振動で目が覚める。

「は、っ……」

飛んでいた意識が戻ってきて、ミーリアは瞬きをした。

アレクシスに跨った体位で、前のめりに倒れて気を失っていたらしい。

「ん……う……」

「……起きたのか？」

アレクシスが色っぽく息を吐き、右手でミーリアのうなじを撫でていく。

しかし、その左手は彼女の腰に添えられて、蜜口を穿った男根をゆるゆると出し入れしていた。

何も考えられなくなるまでたっぷりと愛撫をされ、今やアレクシスの昂ぶりに穿たれただけでも達してしまうほど敏感になってしまっている。

先ほども奥を突き上げられた瞬間に気をやって、心地よさのあまり意識を失ったが、アレクシスはそんなミーリアを乗せて揺さぶっていたらしい。

目が覚めたあとも動きは止まらず、しとどに濡れた秘裂に挿入された雄芯が緩慢に動いている。

「うっ、ん……あ、あ……」

「まだ、寝ていてもよかったのに」

「……あ、っ、ん……んっ」

「意識がないのに、君は反応していて……かわいかったから」

身悶えるミーリアの額にキスをすると、アレクシスが両手で柔らかい臀部を摑んでもみくちゃに揉んでいく。

緩やかだった律動が大振りになり、ずんっ、ずんっと最奥を突かれるたびに、ミーリアの目の前はチカチカした。

硬いもので濡れた内壁をこすりたてられるだけで、火照った肌が粟立ち、あられもない声が出てしまう。

「あ、ああ、あっ……あ、うっ……」

「……は、っ……ミーリア……」

たえまない快楽から逃れようとして臀部を浮かしそうになるが、それを遮るように引き下ろされた。真下から打ちこまれた熱杭が最奥を突く。

「ひゃっ……あ、あぁっ……！」

アレクシスに覆いかぶさる体勢だから、自重も加わって繋がりが深まった。

臀部も摑まれているので快感を逃がすことができず、ミーリアは小刻みに震えて彼の胸板に突っ伏す。

「あぁ、あ……あ……アレク、シス……っ」

「ふ、っ……は……」

アレクシスが荒い呼吸をしながら肉槍を穿ち続けた。

どちらかというと細身の体軀なのに彼女を易々と揺さぶって、淫らな上下運動で官能の果てまで追い上げていく。

二人分の体液が混じり合って滑りがよくなり、繋がった下半身からは雨上がりの水たまりを踏んだ時みたいな音がした。

――ああ、大きな波が、くる……っ。

押し寄せる熱の塊に身震いした時、アレクシスが腰をぐっと突き上げる。

「あっ、あ、あっ……い、く……っ！」

最奥をつつかれて、あっけなく法悦の彼方へと導かれた。

意識が遠のくほどの心地よさに包まれて手足をビクンと震わせる。

深々と雄芯を銜《くわ》えた蜜口がきゅうっと締まり、アレクシスも小さな呻き声を零した。

ミーリアの臀部を強く引き寄せて、蜜壺の奥にびゅくびゅくと熱を注ぎこむ。

「っ、う……」

「……あ……ぁ……」

腰をぴったりとくっつけたまま子種を注がれた。

その感覚にも四肢が震えてしまい、ミーリアは肩で息をしつつ気絶しそうになる。

しかし、余韻に浸る間もなくアレクシスが起き上がった。硬いままの剛直を抜き、朦朧とするミーリアを仰向けに転がすと、足首を摑んで押し広げる。

充血する割れ目から蜜液と精液が溢れてくるのを見下ろし、アレクシスは獣みたいに唇を舐める仕草をした。

「まだだ……まだ、足りない」

渇ききった飢えを満たすかのごとく、淫靡な汁を垂らす剛直を再び挿入してくる。

先ほど放った子種をかき出すように腰を押しつけられて、ミーリアはシーツの上で身をくねらせた。

「……アレク、シス……あ、っ、あ……！」

「ふっ、は……は、っ……」

休む間などなく、みだりがましい律動が再開する。

アレクシスが激しく腰を揺すり、果てのない快楽を与えてきた。

「ああ……私の、ものだ……私だけの……ミーリア……ッ」

私のものだ。私だけのものだ。

うわごとのように耳元でその言葉が繰り返された。

ミーリアは息も絶え絶えになりながら彼にしがみついて、その目を見つめる。

燃え滾《たぎ》った黄金色の瞳には隠しようのない独占欲が滲んでいたが、それ以上に強い感情があるように思えて――だが、すぐに観察する余裕はなくなった。

両手で胸を揉みしだかれて思考が中断する。

アレクシスが首筋に吸いついて所有痕を残していった。

花の蕾のような乳頭を執拗に弄られ、同時にゆさゆさと揺さぶられる。

「愛してる、ミーリア」

「……わたしも、あいして、る……」

「君が、大好きだ」

「わたし、も……だいすき」

「愛してる」

掠れきった声でいくら応えても、アレクシスは聞こえていないみたいに繰り返した。

こんなものでは足りないのだと言いたげに、雄々しい肉槍で蜜壺を突き続ける。

まともに呼吸ができずに身を捩ったら、今度は陰核まで弄られた。

淫蕩な腰の動きに合わせて、アレクシスの指で膨れた突起をくりくりと押しつぶされるので前後不覚になっていく。

「君が、大好きだ……私のものだ……愛してる」

「っ、ええ……わたし、も……っ」

ぐりぐりと秘玉をいじくられて、それ以上は言葉にならなかった。

――ああ……すべてを受け止めきれない。

ひたぶるに続く睦言と、いっそ苦しいほどの快楽。

いつまでもベッドの軋みはやまず、果てしない快楽の底へと突き落とされていく。

「ミーリア……ずっと、君だけを愛してる」

もっと欲しい、もっとよこせと身体を奪われながら、たえまなく重たい愛を囁かれる。

次第に自分がどこにいるのか、何をしているのかも分からなくなっていった。

ミーリアは麻痺しきった意識の中で、アレクシスの紅潮した顔を仰ぐ。

――あなた……なんて、嬉しそうな顔をしているの……。

欲望のままにミーリアを貪りながら、彼の端整な面には屈託のない笑みが浮かんでいた。

君と抱き合えるのが嬉しくてたまらない。

この想いを丸ごと受け止めてもらえて幸せだ。

そう言いたげな満面の笑みに見惚れるのと同時に、ミーリアは頭の片隅で思う。

――わたしは、この愛に応えることができるの？

今まで抱いたことのないかすかな不安が過ぎった。

愛は形がないものだから、その量を測ることもできない。そんなのは百も承知だ。

けれども相好を崩したアレクシスを見ていると、彼の想いを受け止めて、それと同じだけの愛情を返すことができない気がしてくる。

しかし、ミーリアは緩くかぶりを振った。

ミーリアだって、負けないほどにアレクシスを想っている。

自分と同じように生まれ変わっているかも分からないというのに、ただ彼に会いたいという願いを支えに生きてきた。

前世から引き継いだ愛は彼の愛に応えられるほど強いものなのだ。

「アレクシス……あなたが、大好きよ」

だから、アレクシスに抱きついて自分の愛も伝えた。

わたしも大好きなのだと、きちんと言葉にする。

拙いキスを仕掛けたら、アレクシスが緩みきった顔で受け入れてくれた。

「んっ……愛してるわ……」

口づけの合間に囁けば、彼が黄金色の双眸を煌めかせて、腰をズンッと押しつけてくる。

「ああ。私も、君を愛してる」

最奥を貫かれてビクンッと身を強張《こわば》らせるが、その間も力強く突かれ続けた。

アレクシスの愛を受け止めて、湿ったシーツの上で淫らに啼《な》かされながら、ミーリアはゆっくりと目を閉じた。

その時、今まで懐かしいとも思わなかった祖国の大地を思い出す。

王宮からは出られず、片手で数えるほどしか砂漠を見たことはなかったが、果てしなく続く渇いた砂地には畏怖すら覚えたものだ。

「ミーリア、まだだ……まだ、足りない……」

もっと欲しい、もっと君をくれ。

ねだられながら、あの砂地に似ているのだと気づく。

長い時の果てに枯渇しきった大地にどれほど水を注いでも、決して潤うことがない。

渇いて、渇いて、もうどうしようもない。

初めて抱き合った夜、アレクシスの瞳の奥に過ぎった淀んだものは、それとよく似た底なしの渇望だったのではないか。

ミーリアは悩ましげな息を吐き、アレクシスを抱きしめる。

――それでも受け止めるわ。彼が側にいてくれるのなら、なんだっていいの。

もう彼と一緒に生きようと心に決めている。

炎に呑まれそうになった時も、アレクシスを悲しませまいと必死に足掻いたのだ。

ミーリアも、それだけの覚悟をもって今ここにいる。

――たとえすべてを受け止めきれなくても、わたしにできるだけのことはする。それが、わたしの望みで……『今』を生きている理由なんだから。

この瞬間から、ところどころで抱いた不安や違和感はどうでもよくなくなり、いっそ盲目的なほどに彼を信じて生きていこうと決めた。

「アレクシス。ずっと、一緒にいてね」

今度こそ離れたくないのと囁けば、アレクシスが優しい声で応えた。

「ああ、ずっと一緒にいる。いつまでも、どこまでも……だから……」

彼に唇を甘噛みされながら快楽の底へと沈んでいく。

官能の坩堝《るつぼ》に沈められた夢うつつの中で、ミーリアはひどく甘く、ほの暗い執着を孕んだ囁きを聞いた。

「――君が息を引き取る時は、今度こそ、私も一緒に連れて行ってくれ」

◆

時間を少し遡り――ミーリアが攫われて、火事が起きた日の夜のこと。

フラヴィアは窓辺に立ち、宵闇に包まれた外を眺めながら、宰相ユルゲンの報告を聞いていた。

「先ほど連絡が入り、ミーリア殿はご無事なようです。炎上する屋敷から助け出されて、病院に運ばれたとか。犯人と思しきサージュは行方不明です」

「そう。ミーリアの火傷の具合は？」

「ノルディス公爵が魔法を使って癒したそうです。ひとまず命に別状はないとか。付き添われていた王太子殿下も先ほど城へお帰りになられて、今はノルディス公爵がミーリア殿の側にいらっしゃるようです」

「分かった。あとで、わたくしもゲルガーの様子を見に行くわ」

窓ガラスに映った宰相ユルゲンの姿が見える。厳格な宰相はどことなく憂鬱そうな表情をしていた。

ミーリアが攫われて、アレクシスと共にゲルガーが追跡を始めたあと、フラヴィアは宰相ユルゲンを呼び出して事情を説明した。

突然の誘拐劇について、ユルゲンは驚愕したのち、すぐ騎士に命じて追わせた。護衛もなくゲルガーを行かせたことには苦言を呈されたものの「ノルディス公爵がいるのならば、おそらく大丈夫でしょう」とため息交じりに言われた。

「あなたも迅速に対処してくれて感謝するわ、ユルゲン」

「とんでもありません。ですが今後は護衛もつけず、王太子殿下に外出の許可を出されるのは控えていただきたい。危急の事態だったようですから、今回は特例ですが」

「分かってる。これからは気をつけるわ」

くどくどと窘めてから、ユルゲンは一礼して部屋を出て行った。

フラヴィアは一息ついて窓ガラスに映る自分の顔を見つめる。

——ミーリアが無事だったのならいいわ。わたくしのお人形ではなくなってしまったけれど、何年も世話をしてきた異母妹だもの。

といっても姉妹の情は薄いが、手放した今でも美しいミーリアを気に入っていた。

フラヴィアは人でも物でも、とにかく美しいものを好む。

物心つく頃には端整な陶器人形の蒐集が好きになり、逞しい男性よりも美貌の女性に目を奪われた。

その嗜好が周りと違っていると分かっていても、さほど気には留めなかった。

王女としての義務は理解していたし、男性に興味がなくても触れられることに拒絶反応が出るほどではなかったからだ。好色な父を見て育ったから色事に抵抗もない。

それに美しい女性ならば誰彼構わず恋愛対象になるわけではなかった。

ただ側に置いて愛でるのも好きで、それは恋愛感情というよりも、陶器人形を蒐集する感覚に近かっただろう。

だから、宴の席でミーリアを見かけた時は心が震えた。

なにしろ今まで見た女性の中でも飛びぬけて美しく、手を握り返された瞬間、身も心もフラヴィアのものにしようと決めたのだ。

不遇な扱いをされてきたミーリアは感情を表に出さなかったが、無表情のほうが人形めいた美貌が際立ち、意思を表さずにおとなしいほうが愛らしく思えた。

お人形遊びはフラヴィアなりの歪《いびつ》な愛情表現だった。

髪を整え、よく似合う服を着せて、ひたすら愛でる……つい楽しくて、ミーリアに我慢を強いたかもしれないが気にしなかった。

手を取った時点で、ミーリアのすべてはフラヴィアのものになり、特別なお人形として磨き上げることに至上の喜びを抱いていた。

そして従順な異母妹を、これから先も側に置き続けられると信じて疑わなかったのだ。

——それなのに、あの子は奪われてしまった。

フラヴィアは影を帯びたため息をつく。

——今でも腹立たしい。わたくしのものを横から奪って、よくもそんな真似を、と憎らしくも思うのに……直接文句を言う勇気もないなんて。

ガラス越しに闇を眺めていると、ぶるりと震えがこみ上げた。

これまでの人生、フラヴィアはほとんど『恐怖』というものを抱いたことがない。

何不自由のない生活を送ってきて、危険とも縁遠い日々だった。

しかし、あの男だけは——。

フラヴィアがその男と初めて会ったのは、自分の婚礼から数日後の夜だった。

ウルティム王に連れられて謁見の間へ赴くと、宰相のユルゲン以外は人払いをされており、篝火がゆらゆらと揺れていたのを覚えている。

『フラヴィア。あなたに紹介しておきたい方がいるんだ』

ウルティム王は穏やかだが、豪放な父と比べると覇気がない。

国王として仕事はそつなくこなすけれど影が薄く、厳格な宰相ユルゲンの存在感のほうが強いくらいだ。

ただ、気が強くて奔放なフラヴィアとの相性はよくて、良好な関係を築いていけそうだったが、その夜の夫はどことなく緊張していた。

――こんな時刻に、いったい誰を紹介するというの？

戸惑っていた時、ふと広間の隅の暗がりに誰かがいると気づいた。

『っ……誰？』

フラヴィアが困惑の声を上げると同時に、その誰か……漆黒の外套を纏い、フードを目深にかぶった男がゆっくりとこちらへ近づいてきた。

扉が開いた音は聞こえなかったし、今も足音がしない。

呆気にとられている間に、男はフラヴィアの正面で立ち止まった。

そこで初めて男の顔が見えた。この国へ来た直後、フラヴィアを無視してミーリアに挨拶をした失礼な公爵だ。

しかし、その時とは雰囲気が違い、黄金の瞳には暗澹《あんたん》たる闇が宿っていて、視線は氷みたいに冷ややかだった。

目が合った瞬間、フラヴィアの背筋を冷たいものが駆け抜けた。

精巧な彫像のように整った顔は、人間ならばあるべき感情を一切削ぎ落とした無表情。

何かに似ていると思い、やにわに蒐集していた陶器人形だと気づいた。

――これは『人』なの？

人間的な感情が存在しない、あるいは何かの要因で欠損したモノではないか。

本能的にそう疑い、人生で初めての恐怖に襲われた。

『っ……！』

『怖がらなくていい、フラヴィア。この方は……』

ウルティム王は腰が引けるフラヴィアを支えて説明しようとしたが、謎の男はその言葉に被せて口を開いた。

『今すぐ人形遊びをやめろ』

腹の底に響きそうな低音だった。

何を言われているのか分からなくてビクリと肩を震わせたら、男が繰り返す。

『悪趣味な人形遊びだ。あれは彼女の心を殺す。今後、二度とするな』

『……急に現れて、いったい何を言い出すの？　だいたい、わたくしに向かって、そんな口の利き方は……』

『フラヴィア、待て。私から説明を……』

虚勢を張って言い返すフラヴィアを、ウルティム王が止めようとする。

しかし、男は二人のやり取りなど聞こえていないかのごとく淡々と続けた。

『彼女が自分の所有物であるかのようにふるまうのもやめろ。必要以上に側に置くな』

『彼女って、誰のことよ？　さっきから何を言って……』

その時、男がミーリアに挨拶していた光景が蘇り、フラヴィアはさっと青ざめた。

――もしかして『彼女』というのは、ミーリアのことを言っている？

『彼女は、これから私の妻になる。そして私の側で生き、私と共に死ぬ。そこにお前の出る幕はない』

滔々《とうとう》と語る男の目はひたすらに暗かった。

ただ正面に立たれているだけなのに異様な迫力があり、鋭い双眸に射貫かれていると背筋を冷や汗が伝っていく。

――この男は、いったい『何』なの？

瞳の奥にある底知れぬ闇と孤独。

それを真正面からぶつけられるだけで息ができなくなりそうで、フラヴィアの身体はひとりでに震えた。

『これはお前への警告だ。男たちの手から彼女を遠ざけてきたこと。この国へ連れてきたこと。私が今ここでお前を見逃す理由は、それだけだ』

常に監視しているからな。警告を無視したら消す。

男は一方的に脅迫すると闇に溶けこむように消え、フラヴィアは呆然と立ちすくむことしかできなかった。

——嫌なことを思い出してしまった。

冷たい窓ガラスに触れて、フラヴィアは諦念の息をつく。

ミーリアの美貌はもちろんのこと、賢くて従順なところも気に入っていた。

いまさら誰かに奪われるなんて心底腹が立つし、ましてや男に見初められて結婚するなんて許すつもりもなかった。

——でも、あの男が相手なら話は別だわ。わたくしも、そこまで愚かではない。

この国において、あの男がどんな立ち位置で、どんな扱いをされているのか。

ウルティム王に説明されて、フラヴィアは懊悩《おうのう》の末にミーリアを手放すことを選んだ。

お気に入りの人形を手放して安全を保たれるのなら、背に腹は代えられない。

そもそも、あんな異様な雰囲気の男を相手にして怯えないほうがおかしいだろう。

——そういえば、ミーリアはまったく怯えていないわね。

脅されて求婚でもされたのかと思ったが、信じがたいことに仲睦まじいらしい。

攫われる直前も、ミーリアは席を外そうとするあの男を呼び止め、一心に彼だけを見つめて話しかけていた。

——初めて挨拶を交わした時も、あの子は彼に見惚れていた。恋人を見つめるような熱い目で……たぶん恐怖を抱いたことなんてないんでしょうね。

ただ、純粋でひたむきな愛情を向けている。

ミーリアほど聡明であれば、どこかで違和感を抱いてもおかしくはないのに。

しかし本人が幸せそうだから、フラヴィアは余計な口を挟むつもりはなかった。

——ミーリアのことは惜しいけれど、あの男とは関わりたくない。

これ以上の深入りはせず、自分のためにも今後は距離を保つのが得策だろう。

フラヴィアはため息をついてカウチへ戻った。

「タフラ。気を静めたいの、ハーブティーを淹れてちょうだい」

「かしこまりました」

美しい侍女がハーブティーの支度をするのを目で追いながら、甘い声で言う。

「あなたはこれからもわたくしだけの侍女でいてね、タフラ。今はあなたがいちばんのお気に入りなの。ただ側にいてくれるだけでいいから」

「はい。それが私の役目ですから」

フラヴィアのうっとりとした眼差しを受け止めたタフラは無表情で頷いた。

◆

ほんの一瞬で遠くに飛ばされて、気づけばあたり一面が砂だらけだった。

満天の星が見えたが、身震いするほどに気温が低い。

——ここはルドラドの砂漠か……自分以外の人間を、こんな遠くへ飛ばすことができるとは……やはり、あの方の魔力量は尋常ではない。

年老いた男、サージュはふらふらと夜の砂漠を歩き出す。魔法で移動しようにも、転移魔法は移動距離が大きくなるほど、膨大な魔力量を必要とする。

ミーリアを攫うのに魔力を消耗している上、現在地も分からず、転移したところで砂漠の外へ出られるかも不明だ。

それに最後の望みを失ってから、老いたサージュの思考は靄がかかったように不明瞭になり、今どこを歩いているのかも分からなくなりつつあった。

——ああ、死にたい……。

砂漠の砂地に足をとられて倒れこむ。口の中に砂が入って視界が霞んだ。
このまま死ねたら、どれほど楽だろうか。
だが、この呪われた身体は何をしても死ねない。
サージュは痛む身体に鞭打って立ち上がり、またのろのろと砂漠を歩き出す。
亀のような鈍さで進むうちに、いつの間にか朝日が昇ってじわじわと暑くなってきた。
脱水症状で手足がしびれてきて、熱砂に膝を突く。
眩暈と吐き気で倒れこむと肌が焼けそうに熱かった――けれども死ねない。
――ここは、地獄か……。
老いた肉体で、広大な砂漠のど真ん中に放り出されては為す術がない。
こうなることを、あの公爵はきっと知っていたのだろう。
暑さと寒さに苛まれ、徐々に砂に埋もれていく。
……それでも尚、死ぬことができない。
言いようのない恐怖がこみ上げたが、鈍った思考ではすぐに忘れてしまう。
サージュは熱く渇いた砂を握りしめたけれど、さらさらと指をすり抜けていった。
この先の未来も、彼の思考も、安息の死も、この砂みたいにすり抜けていくのだろう。
――頭が、おかしくなりそうだ……。
いや、もうとっくにおかしくなっているのか。

長い時を生きすぎて、何に対しても心が動かなくなり、肉体が衰えるにつれて死にたいとばかり思うようになった。

人間らしくふるまおうとして国に仕えても、何も満たされない。

この砂漠の砂みたいに心も身体も渇ききってしまっている。

果たして今の自分は、人間と言えるのだろうか。

とっくに人間などやめて狂っているのではないのか。

しかし、その答えも分からない。

教えを請える唯一の相手は、もう二度と話を聞いてはくれないだろう。

『その苦しみが未来永劫、続くことを祈っておく』

――あなたも、私と同じように……この苦しみを味わってきたのだろうか。

初めてノルディス公爵を見たのは、どこかの戦場だった。

彼が右手を翳しただけで敵の小隊が吹き飛び、弓矢や剣では太刀打ちできない。

敵軍の魔導士による攻撃魔法を食らっても顔色一つ変えず、肉や骨が抉れても前に進み続けて、たった一人で戦場を阿鼻叫喚に染め上げた。

敵軍がほうほうの体で退却していくのを無感情に見つめる血まみれの姿に、味方ですら怖気を覚えたものだ。

だが、サージュが抱いたのは恐怖だけではない。

圧倒的な強さは残酷で、それでいて美しく尊敬に値するものだった。

――あんな魔導士に、なりたいと……憧れたが……所詮、私ではあの方に及ばない……

生き方も、終わり方も……私のほうが、よほど惨めだ……。

いつか奇跡が起きて魔法が解ける時まで、この苦しみからは逃れられない。

「……『あの方』には、ミア殿がいらっしゃる……しかし、私には……もう、誰もいない
……この身体は、どうなってしまうのか……」

遠い地にいる最恐の魔導士に想いを馳せてから、サージュは目を閉じた。

ルドラドの大地に渇いた風が吹く。

巻き上がった砂が、老いた男の上に降り注いだ。

最終章　アレクシス・ノルディス

火事から二ヶ月後、ミーリアとアレクシスは二度目の結婚式をすることになった。

城内の礼拝堂を使わせてもらって、身内だけを呼んだ。

とはいえアレクシスには親族がいないため、異母姉のフラヴィアとゲルガーを招待し、あとは付き添いの侍女たちに見守られての式となる。

礼拝堂の入り口でアレクシスと対面すると、彼は目をパッチリと開けながらミーリアを眺めたあと、物憂げにため息をついた。

「また、君はこんなに美しくなって……まったく、どうしてやろうか」

文句の合間にも、しっかり褒め言葉を拾ったミーリアは顔を綻ばせた。

新しいウェディングドレスは華美な飾りはないが、襟が開いていて首から鎖骨まで見えるデザインだ。肩紐が太くて袖はない。

純白のシルク生地には小さなパールがちりばめられて、スカートには銀糸で花の刺繍が入っていた。清楚で美しいドレスである。

アレクシスも髪を整えて、純白の礼服を纏っていた。一度目の婚礼では血まみれになってしまったからドレスと一緒に新調したのだ。

「式が終わったら、すぐに連れ帰って独り占めする」

「ええ。わたしもアレクシスを独り占めしたい」

アレクシスが動きを止めたが、ミーリアはさっと彼の手を引いて礼拝堂へ導いた。

二人でヴァージンロードを歩き、誓いの言葉とキスを厳かに終えると、ゲルガーが満面の笑みで近寄ってくる。

「ミーリア、アレクシス。改めて、結婚おめでとう」

「ありがとうございます、ゲルガー殿下。足を運んでくださって嬉しいです」

「うん。こういう少人数での式もいいものだね。すごく静かで厳かだった。……でも、アレクシスはいつにも増して無愛想だな。ユルゲンみたいだ」

「私は元からこういう顔です」

「ユルゲンも同じことを言っていたよ」

微笑ましいやり取りを横目に、ミーリアはフラヴィアのもとへ向かう。

異母姉は参列席の最前に座って、眩しげな顔つきでミーリアを見つめていた。

「お姉様。今日は参列してくださってありがとうございました」

「参列するのは当然でしょう。あなたはわたくしの異母妹なのだから」

フラヴィアが優雅に立ち上がって「久しぶりに二人で話をしましょうか」と踵を返す。

おとなしくついていくと、礼拝堂の入り口あたりで異母姉が立ち止まった。

「この国へ嫁いできたばかりの頃は、あなたの結婚式に参列することになるとは思ってもいなかったわ。ずっと、わたくしの側に置いておくつもりでいたから」

「…………」

「誤解しないでちょうだい。別に嫌味を言っているわけではないのよ。ただ、本心からそう思っていたの」

フラヴィアがゆっくりと振り返り、祭壇のほうへ視線をやった。

ゲルガーと話しているアレクシスを見つめて、抑揚のない声で問うてくる。

「ミーリア。あなたは今、幸せ？」

「はい。とても幸せです」

これまで異母姉の前では笑わないようにしていたが、その時、初めて微笑みかけた。

フラヴィアがゆっくりとこちらを見る。訝《いぶか》しげな目でミーリアを見つめたあと、苦々しい表情になった。

「あなたのそんな笑顔を見たのは初めてでよ。本当に、わたくしのお人形ではなくなってしまったのね」

残念そうに言うと、フラヴィアは空いた参列席を見渡して、再びアレクシスとゲルガーに目をとめた。

「魔力を持つゲルガーが公爵に仲間意識を持つのは、なんとなく理解はできる。でも、あなたが公爵に惹かれるのとは根本的に意味合いが違うと思うのよね」

「え？」

「あなたが幸せだと言うのなら、それでいいけれど……あの公爵の側にいて、そう言いきれるなんて。一生わたくしには理解できないんでしょう」

最後は自問するような呟きを落とし、フラヴィアは侍女のタフラを呼び寄せた。

祖国にいた頃から、異母姉のお気に入りとして側にいるタフラも、婚礼の末席に参列するため襟の開いたワンピースを着ている。

タフラはミーリアと目が合うと「おめでとうございます」と一礼した。頭を伏せた際、胸元に黒い刺青――蝶の翅《はね》のようなものが見える。

いつも侍女らしく襟元まできっちりした服装をしているので気づかなかったが、どうやら左胸に大きな刺青を入れているようだ。

肌の露出度の高いルドラド王国では、お洒落として刺青をすることもあるので別段おかしくはないが、胸元に入れているのは珍しい。

あまりじろじろ見るのもよくないなと、ミーリアが目を逸らした時、アレクシスに呼ばれた。

「ミーリア」

視界の端でフラヴィアが「じゃあね」と踵を返したので、ミーリアは「ありがとうございました」とお辞儀をしてから、アレクシスのもとへ向かう。

ゲルガーがすれ違いざまに手を振って、フラヴィアのあとを追いかけていった。

礼拝堂の中でアレクシスと二人きりになり、再び見つめ合ってキスをする。

「ミーリア。君に、これを」

アレクシスがどこからか小さな箱を取り出し、銀色の指輪を薬指にはめてくれた。

「指輪？」

「異国には、伴侶に指輪を送る風習があるらしい。私の魔力で造った魔法具だが、身につけておいてほしい」

ミーリアは薬指で光る指輪を見つめて破顔一笑する。

「ありがとう、アレクシス」

「君が私のものという証だ。これを身につけていれば、また何かあった時、すぐに居場所が分かる。どこへ行ってもミーリアを見つけられるから……」

皆まで聞かずに抱きついたら、アレクシスも無表情を柔らかく綻ばせた。

け止めようと心を明け渡したのだ。

　前世の想いを引き継いで、今度こそ彼と幸せになろうとミーリアは胸を躍らせた。

　アレクシスの眼差しに渇望と強い執着が宿っていても、まったく気にせず、何もかも受
「私も、ミーリアが大好きだ」

「大好きよ、アレクシス」

◆

　二度目の初夜を迎えて、腕の中ですやすやと寝入るミーリアを見つめた。

　暗い部屋の中で、アレクシスはおもむろに手を持ち上げて彼女の銀髪を撫でる。

　──満ち足りている……だが、きっとすぐに足りなくなる。

　彼女が欲しくて欲しくて堪らなくなる。

　しかし、ミーリアはすべて受け止めてくれるだろう。

　シーツに投げ出された指にある指輪を見つめて、アレクシスは暗い笑みを浮かべた。

　──仕方ないよな。それだけ飢えているんだから。

　本当は、また開かない部屋に閉じこめてしまいたいくらいだ。

　だが、ミーリアが嫌がるからやらない。

その代わりに指輪を贈った。

たとえ誰かに奪われそうになっても、今度はすぐ取り戻せるだろう。

「大好きだ、ミーリア」

それこそ遥か昔から、ずっと。

◆

今から二百年前、彼がまだ『イヴァン・ウルティム』だった頃、魔法を使ったミアと手を繋いで囁き合った。

「――大好きよ、イヴァン」

「――俺も、ミアが大好きだよ」

またねと再会を誓い、視界が真っ白な光に包まれる――すべてはそこから始まった。

このまま一緒に逝けるのだと信じて、イヴァンは目を閉じたが、腕の中から温もりが消えると同時に光も消えていった。

「……？」

再び目を開けると鬱蒼とした森の中にいた。

遠くのほうから何かが燃える音がして、あたりは焦げ臭い。

「ミア？」

周りの光景は変わらないのに、ミアの姿が忽然と消えてしまった。

イヴァンは呆然としながら周りを捜し回ったが、どこにも見当たらない。

——まさか、ミアだけ魔法が成功したのか？

ならば喜ぶべきなのか……いいや、待て。

生まれ変わる魔法と言っていたけれど、どこで、いつ生まれるというのだ。

こんなふうに離れ離れになってしまったら居場所も分からず、イヴァンが取り残された時点で、失敗している可能性だってある。

国中を捜すにしても、あてがなさすぎて——。

ふと、イヴァンは自分の手のひらを見下ろす。炎の中へ飛びこんだから手のひらが焼け爛れていたはずなのに、いつの間にか傷がなくなっていた。

手だけじゃなく、他の部分の火傷まで消えている。

「…………」

ずっとミアに言えなかったことがある。

研究塔で実験に失敗したあと、全身に焼けるような痛みが走り、しばらく長引いた。

やっと痛みが引けた頃、どんな傷でもたちどころに癒えるようになっていた。

不老不死の魔法——その響きが思い浮かんで、茫然自失としたイヴァンはふらふらと歩き始めた。

　ミアと過ごした屋敷は焼け落ちており、侯爵家の研究塔も同様だった。

　庭先には黒くなった侯爵一家の死体があって、イヴァンが魔法で吹き飛ばした石材のせいで多くの騎士が圧し潰されている。

　巻きこまれなかった騎士が仲間を助けようとしていたが、イヴァンを見るなり悲鳴を上げて遁走《とんそう》した。

　あたりには肉の焼けた異臭と血の臭いが充満していたけれど、彼は無感情に見回してからその場を後にした。

　それから半年ほど各地をさ迷った。

　森を徘徊して崖から転がり落ちても、死ななかった。

　食べ物が見つからなくて死ぬほどの飢えを覚えても、死ななかった。

　似たような経験を数えきれないほど繰り返し、やっぱり自分は不死になったのだと確信したが、どうでもよくなっていた。

　ミアを失った喪失感と虚無感、この先どうすればいいのか分からないという絶望感ですでに心が壊れかけていたのだと思う。

　ある時、ヴェントリー侯爵家の領地だったあたりへ戻ると、広場で一組の男女が磔にされていた。

今まさに火をつけようとする騎士に村人が群がっている。

「頼むから、やめてくれ！　その人たちはこの村の医者と薬師なんだ！　悪い魔導士なんかじゃない！」

「おれの母ちゃんだって患者なんだ！　あの人の作る薬がないと、持病が悪化して死んじまうんだよ！　やめてくれぇ、やめてくれよ！」

「静まれ！　魔導士はすべて捕らえて火刑にせよという陛下の命だ！」

村人たちを一喝して、騎士が磔にされた男女に火をつける。

苦しそうな悲鳴が上がり、あちこちで村人たちが号泣し始めた。

「これは王命なのだ！」

口々に責め立てて止めに入ろうとする村人を取り押さえ、騎士が繰り返す。

ミアが焼かれていた時の光景とだぶり、死にかけていた心に強烈な怒りが湧いてきた。

イヴァンはぼろきれみたいな姿でふらふらとそちらへ向かった。

あてもなくさ迷った半年間で、以前より魔法を扱えるようになっていた。

物を動かす練習はしていたから、猛獣に襲われそうになるたびに丸太や石をぶつけて撃退し、荒れた道を切り開くのに魔法を応用したのだ。

イヴァンが近寄っていくと、騎士が制止してきたが構わずに手を翳した。

邪魔な獣を払う時みたいに魔力を放ち、騎士の身体を吹き飛ばす。

何かを叫んでいる他の騎士も壁に叩きつけて、磔にされた男女のもとへ歩み寄った。

魔法で縄を引き千切り、ぐったりとする男女を炎の外へ放り投げたら、村人が泣きながら礼を言い始めたが、イヴァンの耳には届かなかった。

火刑にされた男女の姿が、ただミアの姿と重なったから助けただけだった。

礼がしたいと追い縋ってくる村人を無視して、イヴァンは再び放浪した。

同時期、周辺の街や村でも魔導士が火刑にされていた。

その多くが、医師や薬師として地元に溶けこんだ穏健な者たちばかりで、貴重な治癒魔法を使える者たちが次々と殺されていった。

あちこちで魔法弾圧を目の当たりにし、イヴァンはそのたびにミアを思い出して、絶望と激しい怒りに駆られた。

やがて噴き出した感情は抑えきれなくなり、一つの考えに至った。

――王を殺そう。

すべての元凶はウルティム王ではないか。

無抵抗だったイヴァンを恐れて、勝手に魔導士を疎み、ミアを殺せと命令を下したのも王だった。

その果てに、各地で魔導士狩りを強行している。

――俺を悪魔と言った、あいつこそ血も涙もない悪魔じゃないか。

その瞬間、ただ迷っていたイヴァンの心に『復讐』という明確な目標が宿った。

するべきことが決まってからは早かった。

火刑を止めたあの村へ戻り、救った男女に教えを請うた。

彼らは魔導士だったから、礼の代わりにと喜んで魔法を教えてくれた。

治癒魔法や薬の作り方をはじめとして、様々な魔法や魔力の制御法。

やはり物理的な魔法と相性がよく、物を壊したり移動させるのが得意な反面、魔力の調整が必要な魔法は不得意だった。

しかし選り好みせずに知識を身につけて王都へ向かった。

王のいる城には結界が張られていたが、破壊魔法に特化したイヴァンには蜘蛛の巣にかかったくらいの抵抗でしなかった。

宵闇とともに城へ入り、羽虫を叩くみたいに騎士を返り討ちにして、重臣との晩餐中だった王のもとへ辿り着く。

食堂のドアを少し開けたら、何も知らない彼らの会話が聞こえてきた。

「――恐れながら、陛下。今すぐ弾圧をやめるべきです。多くの魔導士が火刑にされ、国民から批難が出ております。ヴェントリー侯爵家に下した処罰についても、貴族内から疑問の声が……」

「黙れ、トバイアス公爵。魔導士は危険な連中だ。ヴェントリーについては、もはや論外だ。私の父に重宝されたからといって、研究費用を出せと脅してきたのだぞ。その実験とやらに臣下まで巻きこまれて、あの悪魔まで取り逃がした。やはり生かしておくべきではなかったのだ」

「悪魔などという言い方は……あの方は陛下の血を引く――」

「陛下のおっしゃるとおりですぞ、公爵。私の息子も使者として赴き、わけの分からぬ実験に巻きこまれて重傷を負ったのです。他に何名の騎士が殺されたかお分かりか？」

「私も同感ですな。あの方を探すついでに、魔導士も排除するべきでしょう。王太子殿下も腹違いの弟君を恐れて、わざわざ各地へ出向かれて弾圧を先導していらっしゃる。だいたい魔法などなくとも、生活に支障はない」

「しかし、魔法弾圧に対する、国民の反感が高まっているのも事実で――ッ」

イヴァンはそのあたりでドアを押し開けた。

食堂には三人の重臣が集まっていて、奥の席には国王がどっしりと座っている。

たった一人だけ腰を浮かせて、魔法弾圧に異を唱えていた若きトバイアス公爵が驚いたようにこちらを見た。

イヴァンと目が合ったウルティム王はガタンと席を立つ。

「貴様は――ッ！」

皆まで聞かず、一足飛びで王の眼前へ飛び出した。豪勢な食事を踏み潰し、恐怖に強張った王の頭を摑んで、手のひらにこめた魔力ごと食卓へ叩きつける。

命乞いには耳を貸さず、そこから先は一方的な殺戮だった。

五分と経たないうちにあたり一面が血の海となり、腰を抜かしたトバイアス公爵以外は息絶えていた。

イヴァンは血まみれの姿でトバイアス公爵に歩み寄り、静かに尋ねた。

「他に、魔法弾圧に賛成した貴族は誰だ。全員の名前を言え」

「……あ、あなた様は……まさか、そんな……」

「王太子の居場所も教えろ。さもなければ、お前の一族郎党すべて消す」

人を手にかけたことへの罪悪感はなかった。

ミアを失った時点で、イヴァンの心は死んでいたからだ。

感情のない声で言い放つと、トバイアス公爵はぶるぶると震えながら頭を垂れて、貴族の名と王太子の場所を白状した。

そののち王太子である異母兄を殺害して、魔法弾圧に賛成した貴族たちもことごとく粛《しゅく》清《せい》した。


すべてを終えると、イヴァンは久しぶりに侯爵領の湖へ赴いた。

湖畔には焼け跡があったが、すでに緑が生い茂っていた。

呆けたように湖のほとりに座りこみ、昼も夜も忘れてぼんやりと情景を眺める。

復讐を果たしても何の感慨もなかった。

思い浮かぶのはミアのことばかりで、悲しみと後悔が交互に押し寄せた。

――俺はミアに、まともに愛も囁かなかった……好きだとも、愛しているとも言ってやらなかった……かわいくて仕方なかったのに、それを伝えることすら……。

老いることも死ぬこともなく、ひたすら自問自答を繰り返す。

――ミアに、会いたい……ミアに、会いたい。

君はどこにいるんだ。

本当に生まれ変わっているのか。

もし出会えたら今度こそたくさん愛を囁くのに。

そんな状態で、どれだけの時間が経過したのか分からなくなっていき、イヴァン・ウルティムとしての自我は少しずつ壊れていった。

それでも、一つのことだけは決して忘れなかった。

――ミアに会いたい。

大好きだったのだ。誰よりも大切で愛していた。

ミアだけがイヴァンを人間にしてくれた。

誰かに寄り添い、平穏な日常を送るだけで幸福だという感情も教えてくれた。

それが一途な恋慕なのか、はたまた壊れかけた執着心なのか、もはや分からない。

ミアの後を追って「死にたい」とは思わなかったと言ったら嘘になるが、何をしても無駄なのは分かっていた。

だったら不毛なことを考えずに、ミアのことだけを想っていたかった。

——じゃあ、やっぱりこれは『愛』だ……死にたいと思うより、会いたい想いのほうが強い……彼女が、大好きだ……だから、ただ会いたい。

途中で思考がぐちゃぐちゃになっても、必ずそこに帰結した。

いつしか彼は立ち上がり、湖を離れてミアを探すようになった。

それは長く、長く、気が遠くなるほどに途方もない時間だったと思う。

時代の流れに興味はなく、生きている実感も得られないまま漠々《ばくばく》たる旅を続けた。

各地で焼け残った魔導書に目を通し、多種多様な魔法を身につけて、ミアが使った魔法について記されていないかも調べた。

同時に、魔法は熟練していった。

特に転移魔法と、一定の攻撃魔法が極致に達した。

人の声が鬱陶しい時は、周りの音を消す魔法を使って静かにした。

そうすることでミアとの思い出に浸ることができ、世界は二人だけのものになった。

どれほどの時間が流れた頃か。

久々に侯爵領へ戻ると、感染症が流行っていた。

魔法弾圧によって医者や薬師が激減し、魔導士ではない医師まで火刑にされたため、蔓延が加速したらしい。

道端に転がる死体を見ても、とうに壊れた心では何も感じなかったが、ふと思った。

――そうだ……治癒魔法は苦手で、うまく扱えないんだった。

ミアが傷ついた時、癒してあげられなかったのだ。

ならば、今のうちに練習しておこう。

彼は近くの村で医師の真似事を始めた。感染症で死にかけた者たちに端から治癒魔法をかけて練習する。

見る見るうちに病人は回復し、皆が彼を「賢者」と呼んで崇拝した。

だが、途中から過剰な礼が鬱陶しくなったので音を消すようになった。

ひたすら病人を癒し続けて、また一定の時が流れた頃、今度は王都から使者が来た。

あまりにしつこいので用件を聞いてみると――。

「陛下があなた様にお会いしたがっておられるのです。どうか王都へご一緒していただけませんか、賢者殿」

「――会いたければ、そちらから来い」

短く告げて、それきり音を遮断した。

国王を殺害して何年が経ったのかは分からない。

直系の血が途絶えたため、遠縁の血筋の者が王位を継いだと風の噂で聞いた。

壮年のウルティム王が老いたトバイアス公爵を伴い、密かに彼のもとを訪ねてきたのはそれからまもなくのことだ。

「突然のご無礼をお許しください。あなたが王家直系の血を引いているという噂があり、どうしてもお会いしたかったのです。……どうだ、トバイアス公爵」

「間違いありません。あの時と変わらぬお姿……いえ、あの頃は少年のような見た目をしていらっしゃいましたが、青年になられましたかな。ですが、そのお顔立ちにはハッキリと見覚えがございます」

年老いた公爵が瞳を潤ませながら凝視してきた。

――青年になった？

久方ぶりに他人の話に耳を傾けて、自分の顔に触れてみた。

鏡を見たのは遥か昔のことで、成長しているなんて気づきもしなかった。

――緩やかに、成長していたか……ならば、やはりあの魔法は、不完全だった……不老には、なりきれていない……このまま老いていく。

しかし、それには途方もない時間がかかりそうだ。

単なる事実として受け止めるだけで、何も感じはしなかったが。

「あなたは力の強い魔導士だと公爵から伺っています。いま、この国は列強の脅威にさらされており、お力添えをいただきたいのです。私は王家の末端の生まれで、後見もおらず、立場は盤石ではありません」

王族というのは、どいつもこいつも頭がおかしいのだろうか。

かつて王と貴族を粛清した者を相手に力添えを請うなどと。

――いや……おかしくなっているのは、自分もそうか。

いつか、どこかで彼女に会えるかもしれない。

人の心など忘れたのに、未練がましくその願望だけは忘れずに生きてきたのだ。

「……いいだろう」

もう治癒魔法の練習は十分にできた。どうせ飽くほどに時間がある。

だから、かつて認められなかった公の身分と、元ヴェントリー侯爵領を欲してみた。

それと同時に、ウルティム王として魔法弾圧が過ちであったと認めるよう条件を提示すると、王は悩んだ末に承諾した。

そして得た名前が、アレクシス・ノルディス公爵。

ウルティム王の後見となった最後の直系の王族であり、愛する人を探す片手間に、影ながら国を守ることを受け入れた彼の身分だ。

アレクシスとしての人生が、そこから始まった。

他国が攻めてきても手を翳すだけで軍隊が吹き飛び、どんな攻撃でも死なない彼を恐れて、王に逆らおうとする者はいなくなった。

密約を結んだウルティム王と、その血を引く王太子、トバイアス公爵以外の声は遮断していたので、誰にも懐柔されない。正体を明かすのは王の配偶者のみで、社交場には出ずに公爵として代替わりをしていると見せかけた。

治癒魔法を施した領民の間では「公爵は賢者の血筋」という話が広まり、アレクシスはいるだけで信仰の対象となっていった。

やがてウルティム王国内にとどまらず、王の影として付き添い、周辺諸国に足を運ぶようになった。

しかし長い時の中で、彼は段々と得体の知れない渇きを覚え始めた。

——ああ、足りない……何かが足りない……でも、何が足りないんだ？

人間らしい感情なんて遙か昔に忘れてしまった。

何が足りないのかも分からないまま、ひたすら飢えと渇望に苦しむ。

——足りない、足りない……もしかして、足りないのは『彼女』なのか……彼女に会いたい……ミア、に……。

時の流れが狂気をもたらしても、あの頃の思い出だけは不思議と色あせなかった。

そして、とうとう見つけたのだ。

砂漠の大国ルドラドの王宮で、フラヴィアの侍女として生きるミアを――。

その瞬間の歓喜と高揚は筆舌に尽くしがたいものだった。

二百年ぶりに涙が滂沱《ぼうだ》のごとく流れて、嗚咽で息もできなくなった。

――見つけた、見つけた……見つけた……ッ！

ミアだ。間違いない。一目見ただけで分かった。

二百年前の恋人の姿を寸分たがわず覚えているなんて、それこそ狂気の沙汰だったが、アレクシスはとっくの昔に狂っている。

すぐにでも攫ってしまおうかと思った時、彼ははたと気づいた。

その時のアレクシスの姿はひどいものだった。

髪は伸び放題で肌の手入れもしていない。ろくに食事もとっていないので身体はガリガリで、目元は落ちくぼんでいた。

『騎士オーリスは格好いいし、運命の恋って本当にすてきね』

――こんなみっともない姿では、彼女を迎えに行けない。

ミアは運命の恋に憧れていたのだ。

あの時は望みを何も叶えてやれなかったから、今度こそ叶えてやりたい。

そのためには万全な準備が必要だ。

伸び放題の髪を切って、ミアが憧れた騎士みたいに身なりを整えて、王子のようなふるまいをして――。

「そうだ、準備をしよう……お、れは……わ、たし、は……」

久方ぶりに声を出して「あれ？」と思う。

自分はどうやってしゃべっていたのだろうか。

――一人称はなんだった？　俺か？

ミアとの会話は思い出せるのに、イヴァンとしてどんなふうに接していたのかを思い出せない。

しばし呆けたのちに「まぁ、いいか」と平坦な声のトーンで呟く。

――あの頃の自分なんて、とっくに忘れてしまっている。

人間らしい感情も、反応も、彼女と過ごせば思い出していくだろう。

遥か昔、生きる実感を持てずにいた頃も、彼女が色々と教えてくれたのだから。

――イヴァンにこだわらなくていい。彼女も、きっと今を生きる人間として生活しているだろうから……また出会えたってことが、いちばん大事だ。

そうと決まれば、さっそく支度をしようと思い立つ。

どうせだから、アレクシス・ノルディスに恋をしてほしい。

ミアの憧れた運命的な出会いをして、ドキドキさせるような言葉で口説いて、デートをしてからプロポーズをしよう。

だが、ミアはどんなシチュエーションが好きだっただろうか。

楽しそうに語っていた台詞を、一言一句たがわずに思い返す。

『――騎士オーリスは格好いいし、運命の恋って本当にすてきね。いつだってハッピーエンドだし……ねぇ、イヴァン。わたしの理想の恋を語ってもいい？』

『まず、出会った瞬間に目と目が合うのよ。彼が優雅にお辞儀をしながら名乗るの。それからデートを重ねて……夜景を見たいわ。「今宵は静かでいい夜だ」とか言われて、こっそり屋根の上に連れて行ってもらって、少し強引なところもあったりして……』

『いきなり夜景を見に誘うのは変？　……そんなことないわ。格好よく誘われたら、どんな状況でもドキドキするものなの。そのあと、図書室とかで偶然会ったりするの。秘密の恋みたいに……偶然会うのは怖い？　ロマンの欠片もないのね』

『あとは、ちょっと変わったデートもしたいわ。好きなシーンがあるの。彼が浮気をしているんじゃないかって疑って、こっそり尾行しちゃうのよ。彼は一人でお花屋さんに寄って、食べ物を買って、きれいな風景の場所へ行って、そこで尾行がバレてしまうの。実は彼も尾行に気づいていて、仕返しぎみに尾行デートをしていたっていうオチなの』

『また適当に相槌を打って……別にいいわ、勝手に話すもの。デートのあとに花束をもらってのプロポーズも、ときめくかも……それで、厳かな礼拝堂で誓いの言葉を交わすの』

『結婚生活にも憧れるわ。新婚夫婦ってね、甘ったるくて幸せなのよ。ことあるごとにキスしたりして……はぁ、やっぱりハッピーエンドってすてき。悪者が成敗されたり、困難を乗り越えた先で得られる幸福感はすごいのよ。それには過程が大事なんだけど……ちゃんと話を聞いて、イヴァン』

アレクシスはうっとりと追想に浸った。

外へ出たこともなく、読書ばかりしていた彼女は夢見がちだった。

適当に相槌を打つふりをして、すべての話をしっかり聞いていたのだ。

――今度こそ、なんでも叶えてやりたい。

望んだ恋ができるように、彼もふるまおう。

自分の想いも素直に伝えて、言えなかった愛をたくさん囁くのだ。

その過程で、アレクシスが失った『自分』というものが確立していくだろう。

とりあえず祖国へ戻り、彼女が好きそうな小説を読むところから始めようか。

何かあった時に対応できるよう、ルドラド王国の王宮には使い魔を残していく。

魔力を溜めて指を振ったら、黒い蝶が現れて美しい女人の形をとった。

「どんな手段でもいい。彼女に近づいて、彼女を守れ。何かあったら連絡しろ。名前は……タフラと名乗れ」

「かしこまりました。ご主人様」

アレクシスの命令を忠実に聞く使い魔が一礼してから、姿を消す。

――彼女が好きなハッピーエンドは……悪者が成敗されて、困難を乗り越える、か。

悪者の立ち位置は誰だと考えて、ヴェントリー侯爵やウルティム王かと思い至る。

――なんだ。とっくに全員死んでいたな。

じゃあ、この世界にもう悪者はいない。

あとは二人で困難を乗り越えたら、そこがハッピーエンドだ。

――そうと決まれば、まずは出会うところから始めよう。

二百年ぶりに心を躍らせて、アレクシスは指を振ってその場を去った。

彼女の運命の恋人になりたかった。

そして自分も気が狂うほど長い生の果てに、彼女ともう一度、胸がときめくような恋をしたかった。

◆

宰相ユルゲンは王の書斎をノックして、入室の許可をもらってドアを開けた。

ウルティム王が窓辺に置かれた安楽椅子に腰かけて読書をしている。

「ユルゲン。何かあったか？」

「来月のルドラド王との会談について、何点か確認したいことがございます」

王は穏やかな面持ちで本を閉じると、ユルゲンが手渡した資料に目を通し始める。

「晩餐会にはフラヴィア様もご出席されるとのことで、そちらも手配いたします」

「フラヴィアも久しぶりに父君にお会いできて喜ぶだろう。最近は彼女もおとなしくしてくれているから、あとでご機嫌を伺いに行かないと」

「ノルディス公爵の婚礼の一件から自重されておられるようですね」

「彼女は自分の立場や、身の守り方を弁《わきま》えている。変わった嗜好は持っているが、第二王子も産んでくれた。役目を果たしてくれるなら、私から言うことはない」

資料に一通り目を通して指示を出したあと、王が「そういえば」と呟いた。

「ノルディス公爵にも会談の件は伝えてあるんだろう」

「はい。いつもどおり、どこからか見ていらっしゃると思います」

「ならば安心だ。ゲルガーとの関係も良好なようだし、この国も安泰だろう」

王は鷹揚《おうよう》に頷いて、仕事を終えると本を開く。

覇気がないと揶揄《やゆ》されても気にせず、国王の役目をそつなくこなしていく。

その王が、アレクシスと対面する時だけは緊張を隠さない。

神出鬼没だったアレクシスが妻に同伴して出仕するようになり、近ごろは自ら王のもとへ近況を聞きにくる。

他国との会談から、新政策まで。アレクシスは耳を傾けてくれるが、自分の意見は口にしない。助力が必要か否かだけ確認したら姿を消してしまう。

――いずれ、その役目をゲルガー殿下に引き継がなければならない。

宰相ユルゲンの祖……粛清を逃れたトバイアス公爵と、数代前の王が交わした密約。

アレクシスが後見となり、ウルティム王国を守り続けてくれる。

――利発なゲルガー殿下は驚かないかもしれない。公爵のことも信頼していらっしゃる。

魔力を持つ者でなければ分からない苦悩を分かち合えると思っているのだろう。

魔導士のゲルガーが次期王となり、その後見に連綿と国を守ってきた魔導士がいる。

なんとも心強いではないか。

……魔導士といえば、つい先日、アレクシスが珍しく頼みごとをしてきた。

『サージュ・マルティニークを国外へ飛ばした。妻に手を出した制裁だ。後始末を頼む』

フラヴィアから事の経緯を聞いていたため、王は重々しく応じた。

サージュは重宝していたが、悪心を抱く魔導士を雇い続けるわけにはいかない。

ただ、その時、同席していたユルゲンは思ったのだ。

――もしノルディス公爵がいなくなったら、この国はどうなるのだろう。

その日がきたら、それはそれで受け入れるのだろうか。

今や魔法がない生活が当たり前となりつつあり、いずれ魔導士という存在も表舞台から消えていくのかもしれない。

「また急ぎの仕事があれば呼んでくれ、ユルゲン。私はもう少し休憩をとる」

「かしこまりました。失礼いたします」

ユルゲンはお辞儀をしてから王の書斎を後にする。

ウルティム王国は平和だ。諸国との関係は良好で、国王夫妻の仲も問題はなく、優秀な跡継ぎがいる。

貴族も穏健派ばかりだから、自分くらいは厳格でいなくてはとユルゲンは気持ちを引き締めるのだ。

◆

気だるい事後のひとときに、アレクシスはベッドのヘッドボードに寄りかかって、足元のほうへ移動する最愛の妻を眺めていた。

「アレクシス。今夜はもう寝ましょう」

蓑虫《みのむし》のように毛布に包まり、顔だけ覗かせたミーリアが静かな声で言った。

二度目の結婚式を挙げてから毎夜のごとく夜の営みに耽ったが、つい愛ですぎて二日に一度は寝坊してしまう。

勤勉な彼女はそれがお気に召さないようで、今宵は抗戦するつもりらしい。

魔法で屋敷ごと吹っ飛ばせるアレクシスを相手に、毛布一枚で身を守れると思っているところが愛らしいなと思う。

負けるものかと睨んでくるのに、やや涙目なのも愛くるしい。

まるで冬に巣ごもりをする野ウサギが天敵を見つけて威嚇しているみたいだ。

――そうなると、私がミーリアの天敵なのか？

こんなにも妻を溺愛しているのにと胸中で呟いた時、ミーリアが移動を再開した。ベッドから下りようとしているらしい。

アレクシスはことりと首を傾けてから、小さく指を振った。

その瞬間、ミーリアの包まっていた毛布がぱっと消えて、キスマークだらけの白い裸体が現れた。

「!?」

「私を置いてどこへ行くんだ、ミーリア」

ベッドから半身を乗り出していたミーリアを腕の中まで引き戻す。

反論がくる前にキスで塞ぎ、生々しい情事の痕跡が残る肌に手のひらを這わせた。

「っ、ん……んん……」

ミーリアは少し抵抗したものの、愛撫を始めると諦めたように脱力した。

女性らしい身体をまさぐりながら、アレクシスはベッドに横たわる。

おとなしくなったミーリアを隣に寝かせて、向かい合う体勢で、ほっそりとした足の間へと太腿を割りこませた。

すでに一度の交合を終えて、精を注いだ秘裂はしっとりと濡れている。

そこを優しく太腿でこすってやったら、ミーリアがあえかな喘ぎを零した。

「ふ、っ……あぁ……」

彼女の紅潮した顔にキスをして、淡く色づいた乳房も手で包みこむ。

可憐な乳頭をくりくりと弄ってやるだけで、敏感な恋人は悩ましげに身を捩った。

「んん、っ……はぁ……アレク、シス……」

秘部からとろりと蜜液が滲み出てきて、彼の太腿を濡らす。

アレクシスは口角を緩めると、上側になっているミーリアの足を持ち上げた。密着度を高めてから、昂ぶりの位置を調整しつつ秘裂へと挿しこんでいく。

「あ……あ……っ」

慎ましい嬌声を聞きながら、硬くなった陰茎を根元まで埋めた。

柔らかくて濡れそぼつ蜜洞にすべて包みこまれて、アレクシスは熱い吐息をつく。

「はぁ、気持ちいい」

「……は、っ……ん……んーっ」

ミーリアが唸ってしがみついてきたかと思えば、背中に爪を立ててきたので、宥めるように額に口づけてやった。

「ミーリア、どうした？」

「……今夜は……これで、終わりよ」

細い声で囁いた彼女がまた涙目で見上げてくる。

「一度、始まると……際限が、ないんだもの……でも、明日は、午後から授業があるでしょう……寝過ごしたら、大変で……んっ、あ、っ、あ……」

皆まで聞かずに腰を揺すったら、ミーリアの台詞も喘ぎ声になった。

「ん。分かった」

「っ、ほんとに……分かって……あっ、あぁ……」

「君の嫌がることは、しない」

潤んだ瑠璃色の瞳を覗きこんで口づける。

強引に歯を抉じ開けて、舌をクチュクチュと搦めながらそれ以上の文句を封じた。

今宵の営みはこれで終わりと言われてしまったから、この一回を大事にしないと。

艶めかしく身悶えるミーリアの腰に両腕を巻きつけて、蜜壷を緩やかに突き上げた。

いつものように体重をかけて奥をつつけないぶん、じっくり堪能するために動きを調節する。

「あんっ、あっ、アレク、シスっ……」

「……ふ……ミーリア」

深々と埋没させたまま緩慢に腰を揺らしたり、浅いところで小刻みに動かしてみた。

「ふっ、ぁ、あ……あ……」

ミーリアが息を荒げてぎゅっと抱きついてくる。

惜しげもなく乳房を押しつけられて、甘えるように口を吸われただけで頭の芯が熱くなる。

――ミーリア……かわいい、かわいい……。

拙いキスに応えていたら堪らなくなり、つい興奮に任せて雄芯を押しこんだ。

とろとろに蕩けきった隘路へと何度も腰を叩きつけたら、婀娜めいた嬌声が上がる。

「あぁーっ……あ、っ、あ……んっ、んんー」

「大好きだ、ミーリア……」

「っ、わたし、もっ……わたしもっ……」

舌足らずに、それればかり繰り返すミーリアが愛おしくて、リンゴみたいな赤い唇に齧りついて吐息を奪う。

すべらかな臀部を鷲摑みにして腰の動きを荒くしていった。

「は、っ……ミーリア、ミーリアっ……」

「あぁ、ふ……はぁっ、は……アレクシス……！」

ミーリアが瑠璃色の瞳をキラキラと潤ませて名前を呼び返してくれる。

甘い睦言も、激しい欲望も、彼女は何もかも受け止めてくれるのだ。

――ああ、本当にかわいい……かわいくて、たまらない。

華奢な肢体をきつく抱きしめて、もっと、もっとと奪うように唇へと吸いついた。

たっぷりと舐め回し、唾液を吸りながらしつこく舌を搦めて、その間も硬い男根をゆるゆると出し入れしていたら、不意にミーリアが身震いする。

「んんーっ……！」

最奥を突いた瞬間、短い声が上がった。

雄芯を包みこんでくれていた蜜路がきゅうと締まったので、アレクシスも我慢できずに腰を大きく揺さぶる。

ずんっと隙間なく密着して、眩暈がするほどの快感に浸りながら吐精した。

「うっ……」

「は……あ、ああ……」

子種を注いでいる間、脳が痺れるほどに気持ちよかった。

しがみついてくるミーリアと唇を触れ合わせていたら愛の言葉を囁かれる。

「大好きよ、アレクシス」

すべてを受け止めてくれる彼女の温もりと声は確かにそこにある。

どくどくと精を注ぎこみながら、アレクシスは今この瞬間を、最愛の人と共に生きているのだと強く実感した。

睦み合いを終えると、ぐったりとしたミーリアを抱きかかえて浴室へ運んであげた。

付着した体液をきれいに洗い流してやり、湯を張ったバスタブで一緒に肩まで浸かって、
眠たそうな彼女の額にキスする。

「アレクシス……眠いわ……」

「寝ていい。少し浸かったら、ベッドへ運ぶから」

ミーリアは眠たげに目をこすって頷いたが、もう少し話をしたいらしく欠伸交じりに切
り出した。

「そういえば、アレクシス……ずっと、訊こうと思っていたんだけど……」

「ん？」

「あの、お茶会の時……様子が、おかしくなかった……？」

あのお茶会。おそらく彼女が攫われる直前のことだ。

——そうか。あの時のこと、まだ話していなかったな。

美しいミーリアを誰にも見せたくなくて腹を立てていたなんて、狭量にもほどがある。

だが、彼女には嘘をつきたくないし、自分の想いも隠したくはない。

アレクシスは憂いを帯びた息を吐いてから、ミーリアに頬ずりをする。

「あの時、君は美しく着飾っていただろう。誰にも見せたくなかったんだ。それでひどく腹が立って、冷たくした……悪かった」

仏頂面で謝ったら、彼女が目をパチリとさせて見上げてきた。

「苛立ちが抑えられなくて、そっちに意識を持って行かれた隙に、君が攫われた。次からは気をつける」

「…………」

「ミーリア。顔を見すぎだ」

「……あ、ごめん。意外だったから……そういう理由で、心を乱したりする印象がなかったんだもの。アレクシスって、わりと何でも澄ました顔でこなすでしょう」

——そんなふうに見えるのか。ミーリアのこと以外は、どうでもいいだけなんだが。

基本的にミーリア以外の人間には興味がなく、会話をする相手も暇つぶしと、穏やかな生活を守るために利用しているだけだ。

だいたい彼女と再会するまで、人間らしい感情なんて忘れかけていた。

アレクシスは顎に指を添えて考えるそぶりをしてから、口の片端を持ち上げた。

「相手がミーリアじゃなければ心は乱れない。だから、君が私をそうさせたんだ」

ミーリアが好みそうな言い回しをしてみると、案の定、彼女はラピスラズリのような双眸を真ん丸にした。ほぼ同時に頬が朱色に染まっていく。

――リンゴみたいに赤くなった。かわいい。

また欲しくなってきたな、なんて不穏なことを考えていたら、ミーリアが小声で言い返してくる。

「わたしの反応が分かっていて、わざとそういう言い方をしているでしょう」

膨れっ面すらかわいく見えるのは何事だろう。

アレクシスは両目を糸みたいに細めて、やっぱり足りないなと心の中で呟き、バスタブの縁に肘をついて流し目を送ってみた。

「だって、ミーリアはそういうのが好きだろう」

ミーリアはぐっと言葉に詰まって、それきり静かになった。

首まで赤くなっているのが、またかわいかったので、飽きることなく初々しい反応を観察していた。

温まったあとはベッドへ移動し、健やかな寝顔を見ながら思考の海に沈む。

呪いめいた不死の魔法は、おそらく魔法をかけた彼女の血があれば解けるだろう。

しかし、今は使わない。魔法が解けた途端、長い歳月の反動がきて、自分の身体が塵のごとく消えてしまうかもしれなかった。

だから、ミーリアが亡くなる時に血をもらうのだ。

二百年も待っていたなんて知ったら、優しい彼女は悲しむだろうから、何も知らせないまま共に逝くつもりだった。

――でも、見た目が変わらないと、彼女が不思議に思うだろうか。

ならば魔法を使って容姿だけ変えてしまおう。

ミーリアに合わせて、緩やかに年を取っていけるように。

アレクシスは愛しい人の額に口づけた。

「私は、ちゃんと運命の恋人になれただろうか」

彼女を失っていた時間があまりにも長すぎて、ひどく飢えていた。この先も決して満たされることがない渇望だ。

しかし、これからはミーリアがそれを満たし続けてくれる。

この重たい執着愛を、死ぬまでその身と心で受け止めてもらおう。

そして最期の瞬間は愛しい人の血を使って、呪いめいた魔法を解くのだ。

「今度こそ私を連れて行ってくれ――一緒に死のう」

考えただけで身震いして、ひとりでに口角が歪んだ。

ミーリアと共に死ねる。なんて幸せな結末だろう。

ああ、そうか。これがハッピーエンドということか。

まだ終わってはいないのに嬉しくなって、アレクシスはぎゅっと妻を抱きしめた。

「君だけを愛してるよ、ミーリア」

たとえ自分が狂っていて、すでに人の形をした何かに変わり果てていたとしても、彼女への愛だけは忘れなかった。

ならば、これからもミーリアだけを愛し抜こう。

砂漠の砂のごとく渇ききった心を、ミーリアの愛で満たしてもらいながら。

あとがき

こんにちは、蒼磨《あおま》です。（重大なネタバレを含むので本編読了後にお読みください）

今回は一途すぎる歪んだ愛を書いてみました。悪者が死んだ（イヴァンが殺した）あとの世界で、テーマは狂気的でロマンティック。

序盤ではフラヴィアから解放されたミーリアの変化、中盤以降はアレクシスの変化を描いていきます。第三話あたりからは「おや、アレクシスの様子がおかしいぞ？」となりながら読んでもらえたら嬉しいです。

アレクシスが最期どうなるのか入れるか迷ったんですが、担当さんに相談し、本編は二人の愛を深めたところで終わりにしました。ソーニャ文庫さんのサイトの後日談にて、アレクシスの最期を書きましたので、ぜひそちらも読んでいただけたらと。

そしてプロット作りにものすごく時間がかかり、〆切についても担当さんにはご迷惑をおかけしまして……対応してくださり、本当に感謝しております……（泣）

イラストはすらだまみ先生が描いてくださいました。ミーリアがムチムチでかわいく、アレクシスも格好よくて眼福ですね！　ありがとうございます！

ここまで読んでくださった読者の方々も、ありがとうございました！

蒼磨　奏

Sonya ソーニャ文庫

この本を読んでのご意見・ご感想をお待ちしております。

◆ あて先 ◆

〒101-0051
東京都千代田区神田神保町2-4-7 久月神田ビル
㈱イースト・プレス　ソーニャ文庫編集部
蒼磨奏先生／すらだまみ先生

二百年後《にひゃくねんご》に転生《てんせい》したら、昔《むかし》の恋人《こいびと》にそっくりな魔導士《まどうし》に偏愛《へんあい》されました

2024年7月11日　第1刷発行

著　　者　蒼磨奏《あおまそう》

イラスト　すらだまみ

装　　丁　imagejack.inc

発 行 人　永田和泉

発 行 所　株式会社イースト・プレス
〒101－0051
東京都千代田区神田神保町2－4－7 久月神田ビル
TEL 03－5213－4700　FAX 03－5213－4701

印 刷 所　中央精版印刷株式会社

ISBN 978-4-7816-9771-0
定価はカバーに表示してあります。

Sonya ソーニャ文庫の本

『死神騎士は最愛を希う』　蒼磨奏

イラスト　森原八鹿